AMOR

TONI MORRISON

Amor

Tradução
José Rubens Siqueira

COMPANHIA DAS LETRAS

Publicado originalmente nos Estados Unidos e no Canadá.

Título original
Love

Capa
Angelo Venosa

Preparação
Otacílio Nunes

Revisão
Cláudia Cantarin
Cecília Ramos

Dados Internacionais de Catalogação na Publicação (CIP)
(Câmara Brasileira do Livro, SP, Brasil)

Morrison, Toni
Amor / Toni Morrison ; tradução José Rubens Siqueira. — São Paulo : Companhia das Letras, 2005.

Título original: Love
ISBN 85-359-0664-9

1. Romance norte-americano I. Título.

05-3747 CDD-813.5

Índice para catálogo sistemático:
1. Romances : Literatura norte-americana 813.5

[2005]

EDITORA SCHWARCZ LTDA.
Rua Bandeira Paulista 702 cj. 32
04532-002 — São Paulo — SP
Telefone (11) 3707-3500
Fax (11) 3707-3501
www.companhiadasletras.com.br

Para e com Ardelia

Sumário

As pernas da mulher estão bem abertas, então eu cantarolo. Os homens ficam irritados, mas sabem que é tudo para eles. E relaxam. Ficar ali de lado sem poder fazer nada além de olhar é difícil, mas não digo nem uma palavra. Minha natureza é calada mesmo. Quando criança, me consideravam respeitosa; quando jovem me chamavam de discreta. Depois, passaram a achar que eu tinha a sabedoria da maturidade. Hoje em dia, silêncio é considerado esquisito e a maioria da minha raça esqueceu a beleza de dizer muito falando pouco. Agora, as línguas trabalham sozinhas sem ajuda da mente. Mas eu era capaz de uma conversa normal e, quando havia necessidade, era capaz de defender uma posição a ponto de enfrentar um útero — ou uma faca. Não mais, porque nos anos 70, quando as mulheres começaram a sentar a cavalo na cadeira e dançar com os fundilhos de fora na televisão, quando toda revista começou a mostrar traseiros e coxas como se fosse tudo que uma mulher tem, bom, eu calei minha boca de uma vez. Antes de as mulheres resolverem se abrir em público, havia segredos — alguns para serem guardados, outros revelados. Agora?

Não. Como o descaramento é a ordem do dia, eu cantarolo. As palavras dançam na minha cabeça acompanhando a música da minha boca. As pessoas entram aqui atrás de um prato de lagostim, ou para passar o tempo, e nem notam ou nem se importam de falar sozinhas. Eu sou pano de fundo — a música dos filmes que toca quando os namorados se vêem pela primeira vez, ou quando o marido está andando sozinho na praia imaginando se alguém viu ele fazer aquela coisa ruim que não conseguiu evitar. O meu canto anima as pessoas; organiza as idéias delas igual quando Mildred Pierce resolve que tem de ir para a cadeia no lugar da filha. Desconfio que, mansa como é, minha música também tem essa influência. Do jeito que "Mood Indigo" flutuando nas ondas pode mudar o jeito de você nadar. Não faz você mergulhar, mas pode marcar o seu ritmo, ou fazer você acreditar que é esperto, que tem sorte. Então, por que não nadar um pouquinho mais e mais um pouquinho ainda? Até onde dá pé para você? Vai lá no fundo e isso não tem nada a ver com uma coragem que vem dos trompetes e das teclas de piano, não é? Claro, não estou dizendo que tenho esse poder. Meu canto quase sempre fica por baixo, onde não se nota; condizente com uma velha que tem vergonha do mundo; é o jeito dela protestar contra o rumo que o século está tomando. Onde tudo é sabido e nada é entendido. Talvez tenha sido sempre assim, mas foi só há uns trinta anos que entendi que as prostitutas, admiradas pela honestidade, sempre ditaram a moda. Bom, talvez não fosse a honestidade; talvez fosse o sucesso que elas faziam. Então, montadas numa cadeira ou dançando meio nuas na televisão, essas mulheres dos anos 90 não são assim tão diferentes das mulheres respeitáveis que vivem por aqui. Aqui é zona de litoral, úmida e temente a Deus, onde o atrevimento das mulheres se esconde muito lá no fundo para elas usarem short curto, sandália de dedo ou câmera. Mas seja antigamente, seja hoje, com roupa de baixo decente ou sem nenhuma, mulher sem-

vergonha não consegue nunca esconder a inocência — uma esperança de gatinha abandonada de que o príncipe está a caminho. Principalmente as duronas com seus estiletes e a boca suja, ou as sebosas com carros de dois lugares e uma carteira cheia de droga. Nem aquelas que mostram as cicatrizes como se fossem medalhas do governo e com meia enrolada no tornozelo conseguem esconder a criança doce, a menininha encantadora encolhida em algum canto lá de dentro, no meio das costelas, digamos, ou debaixo do coração. Claro que todas têm uma história triste: cuidados demais, ou de menos, ou do tipo pior. Alguma história de pai dragão ou de homem de coração fingido, ou de mamãe perversa e de amigos que fizeram mal para elas. Cada história tem um monstro que as fez ficarem duras em vez de valentes, de forma que elas abrem as pernas em vez do coração onde aquela criança está dobrada e guardada.

Às vezes, o corte é tão fundo que nenhuma história de sofrimento dá conta. Então a única coisa que funciona, que explica a loucura cada vez maior, que bota para baixo e faz uma mulher odiar a outra e arrasar com os filhos é um mal que vem de fora. As pessoas em Up Beach, a cidade onde nasci, falavam de umas criaturas chamadas Cabeças-de-polícia — umas coisas sujas de chapéu grande que saíam de dentro do mar para fazer mal para mulheres perdidas e para comer criancinhas desobedientes. Minha mãe sabia dessas coisas quando era menina e as pessoas sonhavam acordadas. Elas desapareceram durante algum tempo, mas voltaram de chapéu novo e maior a partir dos anos 40 quando aconteceram na praia umas coisas do tipo "Está vendo, eu não disse?". Como aquela mulher que foi farrear na praia com o marido da vizinha e no dia seguinte teve um ataque na fábrica de conservas, a faca de descascar ainda na mão. Não tinha nem vinte e nove anos completos na época. Outra mulher — que morava em Silk e não tinha nada a ver com o povo de Up Beach —, bom, ela escondeu uma lanterna e uma escritura de compra na areia da praia da casa do sogro de noitinha e durante a noite uma tartaruga marinha desenterrou. A coitada da nora se arrebentou tentando impedir o vento e o Klan de chegar perto dos papéis que tinha roubado. Claro que ninguém viu mesmo nenhum Cabeça-de-polícia durante a vergonha dessas mulheres culpadas, mas eu sabia que eles estavam por perto e sabia também a cara que tinham porque já os vira em 1942, quando uns cabeças-duras de uns meninos nadaram além da corda de segurança e morreram afogados. Assim que eles afundaram, se juntou uma nuvem de tempestade em cima da mãe que gritava e de umas pessoas que estavam fazendo piquenique e ficaram sem fala, aí, num piscar de olhos, as nuvens viraram umas caras com bocas enormes e chapéus de abas largas. Teve gente que ouviu trovoada, mas juro que eu ouvi foram gritos de alegria. Desde aquela época, durante todos os anos 50, eles espreitaram por cima das ondas ou por cima da praia, prontos para atacar de tardezinha (sabe, quando a luxúria é mais forte, quando as tartarugas caçam ninhos e pais descuidados ficam com sono). Claro que a maioria dos demônios fica com fome na hora do jantar, igual à gente. Mas os Cabeças-de-polícia gostavam de atacar de noite também, principalmente quando o hotel estava cheio de hóspede bêbado com a música de dança, com o ar salgado, com a tentação da luz das estrelas na água. Era no tempo em que o Cosey's Hotel e Resort era o melhor lugar de férias do povo de cor da Costa Leste, e o mais conhecido. Todo mundo vinha aqui: Lil Green, Fatha Hines, T-Bone Walker, Jimmy Lunceford, os Drops of Joy e hóspedes lá de Michigan e Nova York que mal podiam esperar para chegar aqui. A Sooker Bay fervia de primeiros-tenentes e mães novinhas; de moços professores, proprietários, médicos, empresários. Por todo lado as crianças andavam montadas nas canelas dos pais ou enterravam os tios até o pescoço na areia. Homens e mulheres jogavam croqué e formavam ti-

mes de beisebol que só queriam era rebater a bola para dentro da água. Avós cuidavam de garrafas térmicas vermelhas com alças brancas e de cestos grandes com salada de caranguejo, presunto, galinha, broa e bolo de limão, minha nossa! Depois, de repente, em 1958, com a ousadia de um bando armado, os Cabeças-de-polícia apareceram na claridade da manhã. Um clarinetista e a mulher, recém-casados, morreram afogados antes do café-da-manhã. A câmara de ar em que eles estavam boiando foi jogada na praia com uns chumaços de pêlos de barba cheios de escamas. Chegaram a pensar e fazer intriga que a noiva podia ter pulado a cerca durante a lua-de-mel, mas os fatos eram meio turvos. Claro que ela teve todas as oportunidades. O Cosey's Resort tinha mais solteiros bonitos por metro quadrado do que qualquer lugar fora de Atlanta ou até mesmo de Chicago. Eles vinham em parte pela música, mas principalmente para dançar à beira-mar com mulheres bonitas.

Quando o casal afogado foi separado — mandados para casas funerárias diferentes —, era de se imaginar que mulheres desgarradas e crianças teimosas fossem aprender a lição, porque sabiam que não havia escapatória: rápidos como um raio, de dia ou de noite, os Cabeças-de-polícia podiam surgir das ondas e castigar mulheres vadias ou engolir crianças malcomportadas. Só quando o recurso falhava é que eles saíam sorrateiros como um batedor de carteira na fila do pão. Pouca gente que ainda afunda armadilhas para caranguejos nas baías de trás talvez lembre deles, mas sem as grandes orquestras e os casais em lua-de-mel, sem os barcos, os piqueniques e os banhistas, quando a Sooker Bay virou um tesouro de lixo do mar e a própria Up Beach se afogou, ninguém mais precisava nem queria se lembrar dos chapéus grandes e das barbas com escamas. Mas isso já faz quarenta anos agora; os Cosey desapareceram dos olhos do público e temo por eles quase todo dia.

A não ser por mim e por umas poucas cabanas de pesca, Up Beach está quase sete metros debaixo da água; mas a parte do hotel do Cosey's Resort ainda está de pé. Meio de pé. Parece mais que está caindo para trás — para longe dos furacões e do vento sempre soprando a areia. Estranho o que o litoral pode fazer com prédios vazios. Nos degraus a gente encontra as conchas mais lindas, como pétalas ou camafeus caídos de um vestido de domingo, e a gente fica pensando como foram parar ali, tão longe do mar. Os montes de areia que sobem nos cantos da varanda e entre os pilares da balaustrada são mais brancos que a praia, e mais macios, igual farinha peneirada duas vezes. Em volta do gazebo crescem dedaleiras que batem na cintura, e rosas, que sempre detestam nosso solo, crescem feito loucas lá, com mais espinhos que amoreiras e semanas de botões vermelhos cor de beterraba. O revestimento de madeira do hotel parece folheado a prata, a tinta descascada como as manchas de um aparelho de chá que não foi polido. A grande porta dupla está fechada com cadeado. Até agora, ninguém quebrou os painéis de vidro. Ninguém tem coragem porque os painéis refletem a cara da pessoa, além da paisagem atrás dela: metros e metros de capim chegando até a praia cintilante, um céu de tela de cinema e um mar que chama a gente mais do que qualquer outra coisa. Apesar da solidão do lado de fora, quando se olha lá dentro, o hotel parece que promete o êxtase e a companhia de todos os seus melhores amigos. E música. O giro da dobradiça de uma janela soa como a tosse de um trompete; as teclas do piano tremulam uma nota no vento, de forma que você sente falta do sentimento que enchia aqueles salões e quartos fechados.

Nosso clima é ameno, quase sempre, com uma luz especial. A manhã pálida se desmancha em meio-dia branco, mas às três da tarde as cores são tão berrantes que dá medo. Ondas de jade e safira brigam umas com as outras, levantando tanta espuma que dá para lavar um lençol. O céu da noite se comporta como se fosse de algum outro planeta — um planeta sem regras, onde o sol pode ficar roxo-ameixa se quiser e as nuvens vermelhas como papoulas. Nossa costa é como açúcar, que foi o que os espanhóis pensaram quando chegaram aqui pela primeira vez. Sucre, eles chamaram, nome que os brancos locais estraçalharam para sempre em Sooker.

Ninguém se fartava do nosso clima, a não ser quando o cheiro da fábrica de conservas chegava até a praia e entrava no hotel. Aí, os hóspedes descobriam o que o povo de Up Beach tinha de agüentar todo dia e pensavam que por causa daquilo é que Mr. Cosey tinha tirado a família do hotel e construído aquela casa grande na rua Monarch. O cheiro de peixe não era uma coisa assim tão ruim por aqui. Assim como o fedor do pântano e das latrinas, era só mais uma variedade para os sentidos. Mas nos anos 60 virou um problema. Uma nova geração de mulheres reclamava do que o cheiro fazia com os vestidos delas, com o apetite, com a idéia de romance. Foi por volta da época em que o mundo resolveu que o nariz só existia para cheirar perfume. Me lembro de Vida tentando acalmar a namorada de um cantor famoso que estava reclamando porque o filé estava com gosto de marisco. Aquilo me machucou porque eu nunca falhei na cozinha. Depois, Mr. Cosey disse para as pessoas que isso é que havia acabado com os negócios dele — que tinha sido enganado pelos brancos, que deixaram que comprasse quanta praia quisesse porque a fábrica de conserva, tão próxima, deixava tudo sem valor. O cheiro de peixe tinha transformado o hotel dele numa piada. Mas o que eu sei é que o cheiro que cobria Up Beach chegava a Sooker Bay só uma ou duas vezes por mês — e nunca entre dezembro e abril, quando as armadilhas para caranguejos ficavam vazias e a fábrica fechada. Não. Não me importa o que ele disse para as pessoas, foi outra coisa que acabou com este hotel. Liberdade, May disse. Ela tentou muito fazer o local continuar funcionando quando o sogro perdeu o interesse e ela se convenceu de que os direitos civis tinham destruído sua família e seus negócios. Com isso ela queria dizer que gente de cor estava mais interessada em explodir cidades do que em dançar no litoral. Ela era assim, a May; mas o que começou como cabeça-dura acabou como cabeça-torta. O fato é que as pessoas que se gabavam de férias no Cosey nos anos 40, nos 60 se gabavam do Hyatt, do Hilton, de cruzeiros pelas Bahamas e por Ocho Rios. A verdade é que a culpa não era nem dos frutos do mar nem da integração. Não importa a mulher que achou que o filé estava com cheiro de marisco, os clientes sentam até do lado da privada se for o único jeito de ouvirem Wilson Pickett ou Nelli Lutcher. Além disso, quem é capaz de diferenciar um cheiro de outro quando está apertado com seu par numa pista de dança lotada ouvindo "Harbor lights"? E quando May ficava todo dia colocando a culpa dos seus problemas em Martin Luther King, o hotel ainda dava dinheiro, só que com uma clientela diferente. Escute o que eu digo: a culpa era de outra coisa. Além disso, Mr. Cosey era um homem esperto. Ele ajudou mais gente de cor do que quarenta anos de programas do governo por aqui. E não foi ele que lacrou o hotel e vendeu setenta e cinco acres para uma incorporadora Equal Opportunity para fazer trinta e duas casas tão mal construídas que o meu barraco envergonha elas todas. Pelo menos o meu piso é de carvalho aplainado à mão, não de um pinho ensebado qualquer; e as minhas vigas podem não ser retas feito uma régua, mas são legítimas e estão durando bem desde que foram levantadas.

Antes de Up Beach se afogar num furacão chamado Agnes, houve uma seca sem nome nenhum. Tinham acabado de fechar a venda, os lotes mal estavam demarcados e as mães de Up Beach bombavam lama das torneiras. Os poços secos e a água salobra assustaram tanto as pessoas que elas desistiram da vista para o mar e solicitaram uma hipoteca do Departamento de Habitação a dois por cento. A água da chuva não servia mais para elas. Problemas, desemprego, furacões depois de secas, pântanos transformados em bolos de lama tão secos que até os mosquitos foram embora — eu via tudo isso simplesmente como a vida sendo ela mesma. Então levantaram as casas do governo e batizaram o bairro de Oceanside — coisa que não é. Os incorporadores começaram a vender para veteranos do Vietnã e aposentados brancos, mas quando Oceanside virou alvo das pessoas chutadas do emprego para os vales de alimentação, as igrejas e esse negócio de ação afirmativa entraram em cena. A previdência social ajudou um pouco até a renovação urbana chegar à cidade. Aí, tinha emprego por toda parte. Agora, está cheio de gente que pega condução para trabalhar nos escritórios e nos laboratórios do hospital trinta e cinco quilômetros para o norte. Viajam daquelas casinhas baratas e bonitinhas para os shoppings e os cinemas multiplex e estão tão contentes que não têm nem um pensamento sombrio, quanto menos uma lembrança dos Cabeças-de-polícia. Também não lembrei deles até começar a sentir saudade das mulheres Cosey e ficar pensando se elas afinal se mataram. Quem além de mim iria saber se elas estivessem mortas lá — uma vomitando na escada, ainda segurando a faca com que cortou a garganta daquela que lhe deu veneno? Ou se uma teve um ataque depois de dar um tiro na outra e, sem conseguir se mexer, morreu de fome bem na frente da geladeira? Não foram encontradas durante dias. Até o menino do Sandler precisar do pagamento semanal. Talvez seja melhor eu parar de ver televisão um pouco.

Eu costumava ver uma delas dirigindo aquele velho Oldsmobile enferrujado — indo ao banco ou vindo aqui, de vez em quando, para comer um filé Salisbury. Fora isso, elas não saem da casa há anos. Não desde que uma voltou com uma sacola de compras do Wal-Mart e dava para dizer pela posição dos ombros dela que tinha apanhado da vida. A bagagem de Samsonite branca que levou quando foi embora não estava à vista. Achei que a outra ia bater a porta na cara dela, mas não bateu. Acho que as duas sabiam que se mereciam. Mais mesquinhas que ninguém e reservadas, o que elas recebem é a atenção normal que gente de quem ninguém gosta recebe. Vivem como rainhas na casa de Mr. Cosey, mas desde que aquela menina mudou para lá faz algum tempo com uma saia tão curta quanto uma calcinha e sem nenhuma calcinha, fiquei preocupada de elas me abandonarem aqui sem nada além de lembranças de velho. Sei que é bobagem: só mais uma história inventada para assustar mulheres ruins e corrigir crianças malcriadas. Mas é só isso que eu tenho. Sei que preciso de mais alguma coisa. Alguma coisa melhor. Como uma história que mostre como mulheres descaradas podem acabar com um homem bom. Posso cantarolar isso.

I. RETRATO

No dia em que ela apareceu pelas ruas de Silk, um vento irritante manteve a temperatura baixa e o sol não conseguiu levantar os termômetros externos além de poucos graus acima do ponto de congelamento. Formaram-se placas de gelo no litoral e, no interior, as casas amontoadas na rua Monarch ganiam como cachorrinhos. O gelo liso cintilava, depois desaparecia nas sombras do começo da noite, tornando as calçadas que ela pisava perigosas até para um passo ágil, quanto mais para um leve manquejar. Ela devia baixar a cabeça e apertar bem os olhos num tempo daqueles, mas, sendo uma estranha, olhava cada casa de olhos bem abertos, procurando o endereço que havia no anúncio: rua Monarch, 1. Por fim, virou em uma entrada onde Sandler Gibbons estava parado à porta da garagem, rasgando a costura de um saco de Ice-Off. Ele se lembra do bater dos saltos dela no concreto ao se aproximar; do ângulo de seu quadril quando parou ali, o sol de melão atrás dela, a luz da garagem em seu rosto. Ele se lembra do prazer em sua voz quando pediu orientação para a casa das mulheres que ele conhecera a vida toda.

"Tem certeza?", perguntou quando ela disse o endereço.

Ela tirou um quadrado de papel de um bolso do blusão, segurou com os dedos sem luvas enquanto conferia, depois confirmou com a cabeça.

Sandler Gibbons passou os olhos por suas pernas e calculou que os joelhos e as coxas deviam estar arrepiados com o frio a que a saia minúscula os expunha. Depois, deslumbrou-se com o tamanho dos saltos das botas, com o corte do blusão de couro. De início, pensou que ela estava usando um chapéu, alguma coisa grande e fofa para manter quentes as orelhas e o pescoço. Depois se deu conta de que era cabelo — soprado para a frente pelo vento, desviando seu olhar do rosto dela. Ela olhava para ele como uma criança doce, de ossos delicados, bem criada mas perdida.

"As mulheres Cosey", disse ele. "São elas que você está procurando. Não é mais número 1 já faz bastante tempo, mas você não pode dizer isso para elas. Não pode dizer nada para elas. É 1410 ou talvez 1401."

Agora era a vez de ela questionar a certeza dele.

"Estou dizendo", disse ele, repentinamente irritável — o vento, pensou, fazendo lacrimejarem seus olhos. "Suba por ali. Não dá para errar, só se for de propósito. Grande feito uma igreja."

Ela agradeceu, mas não se voltou quando ele gritou às suas costas: "Ou um presídio".

Sandler Gibbons não sabia o que o fez dizer aquilo. Achou que estava com a esposa na cabeça. Ela já devia ter descido do ônibus agora, pisando com cuidado na calçada escorregadia até chegar à entrada deles. Ali não correria perigo de cair porque, com sua previdência e seu bom senso bem conhecidos, ele estava preparado para o congelamento em um lugar onde não havia registro disso. Mas o comentário sobre o "presídio" queria dizer que ele estava pensando mesmo era em Romen, seu neto, que devia ter voltado da escola uma hora e meia atrás. Aos catorze anos, muito alto e começando a ficar musculoso, havia algo esquivo nele, algo furtivo que fazia Sandler Gibbons coçar o polegar toda vez que o menino surgia diante de seus olhos. Ele e Vida Gibbons tinham ficado satisfeitos de receber o menino, de criá-lo, quando a filha e o genro se alistaram. A mãe no Exército; o pai na Marinha mercante. A melhor escolha quando só havia subempregos disponíveis (faxina doméstica em Harbor para as mulheres, coleta de lixo da rua para os homens), depois que a fábrica de conservas fechou. "Pai desocupado, filho desnorteado", costumava dizer sua mãe. Conseguir trabalho regular nos jardins ajudava, mas não o bastante para manter Romen na linha, longe da atenção da polícia ambiciosa e subocupada. Sua própria infância havia sido moldada pelo medo dos vigilantes, mas as fardas azul-escuras assumiram agora o trabalho do destacamento policial. Aquilo que trinta anos antes era um departamento com um xerife e um secretário se transformara em quatro carros de patrulha e oito oficiais com walkie-talkies para manter a paz.

Estava limpando a poeira de sal das mãos quando as duas pessoas que estavam sob seus cuidados chegaram ao mesmo tempo, uma gritando: "Ufa! Que bom que você fez isso! Achei que ia quebrar o pescoço". A outra dizendo: "Como assim, vó? Vim segurando seu braço desde o ônibus".

"Claro, meu filho." Vida Gibbons sorriu, esperando desviar qualquer crítica que o marido pudesse estar preparando contra o neto.

Durante o jantar, com o humor aquecido pelo escalope com batatas, Sandler retomou a fofoca que havia começado quando os três se sentaram à mesa.

"O que você disse que ela queria, mesmo?", Vida perguntou, franzindo a testa. As fatias de presunto haviam endurecido ao serem reaquecidas.

"Procurando aquelas mulheres Cosey, eu acho. Era esse o endereço. Quer dizer, o endereço velho. Quando não tinha ninguém aqui além delas."

"Estava escrito no papel?" Ela colocou um pouco de molho de passas em cima da carne.

"Não olhei no papel, mulher. Só vi quando ela conferiu. Um pedacinho de papel que parecia cortado de jornal."

"Aposto que estava olhando era para as pernas dela. Muita informação ali."

Romen cobriu a boca e fechou os olhos.

"Vida, não me diminua na frente do menino."

"Bom, a primeira coisa que você me falou foi da saia dela. Só estou acompanhando a sua ordem de importância."

"Eu só disse que era curta, só isso."

"Curta como?" Vida piscou para Romen.

"Elas usam até aqui, vó." A mão de Romen desapareceu embaixo da mesa.

"Até onde?" Vida inclinou-se de lado.

"Vocês dois podem parar? Estou tentando contar uma coisa."

"Acha que ela é uma sobrinha, talvez?", Vida perguntou.

"Pode ser. Mas não parecia, não. Tirando o tamanho, parecia mais gente do lado de Christine." Sandler estendeu a mão para o frasco de pimenta *jalapeña*.

"Christine não tem mais ninguém."

"Pode ter uma filha que você não sabe." Romen só queria participar da conversa, mas, como sempre, os dois olharam para ele como se estivesse com o zíper da calça aberto.

"Olha essa boca", disse o avô.

"Só estou falando, vô. Como é que eu vou saber?"

"Não sabe, então não se meta."

"Tsc."

"Está estalando a língua para mim?"

"Sandler, calma. Não pode deixar o menino em paz um minuto?", Vida pediu.

Sandler abriu a boca para defender sua posição, mas achou melhor morder a pontinha de uma pimenta.

"Enfim, quanto menos eu ouvir falar daquelas moças Cosey, melhor", disse Vida.

"Moças?" Romen fez uma careta.

"Bom, é assim que eu penso nelas. Moças antipáticas, de nariz empinado, que olham os outros de cima igual uma panela que esnoba uma frigideira."

"Elas são legais comigo", disse Romen. "A magrinha pelo menos."

Vida o fuzilou com os olhos. "Não acredite nisso. Ela te paga; e é só isso que você precisa de qualquer uma das duas."

Romen engoliu em seco. Agora ela é que estava no pé dele. "Por que vocês me fazem trabalhar lá se elas são tão ruins assim?"

"Nós fazemos?"

"Bom, vocês me mandam ir lá."

"Afogue esse menino, Vida. Ele não sabe a diferença entre um prêmio e um peido."

"Mandamos porque você precisa de um trabalho, Romen. Faz quatro meses que está aqui e já é hora de assumir alguma responsabilidade."

Romen tentou voltar a conversa para a fraqueza das patroas para desviar-se das suas. "Ms. Christine sempre me dá alguma coisa boa pra comer."

"Não quero você comendo a comida delas."

"Vida."

"Não quero."

"Aquilo era só intriga."

"Intriga de pé grande. E não confio naquela outra também. Eu *sei* do que ela é capaz."

"Vida."

"Esqueceu?" Vida levantou as sobrancelhas, surpresa.

"Ninguém sabe com certeza", disse o avô.

"Sabe o quê?", perguntou Romen.

"Uma confusão de antigamente", disse o avô.

Vida se levantou e foi até a geladeira. "Alguém matou o velho, tão certo como eu estar sentada aqui. Não tinha nada de errado com aquele homem." A sobremesa era abacaxi enlatado em taças de sorvete. Vida colocou um para cada lugar. Sandler, indiferente, se encostou na cadeira. Vida percebeu o olhar dele, mas resolveu deixar passar. Ela trabalhava; ele recebia aquela aposentadoria ridícula de guarda de segurança. E embora cuidasse da casa muito bem, ela é que precisava chegar e preparar uma refeição perfeita todo dia.

"Que homem?", Romen perguntou.

"Bill Cosey", respondeu Sandler. "Era dono de um hotel e de uma porção de outras coisas, inclusive o terreno desta casa."

Vida sacudiu a cabeça. "Estive com ele no dia em que morreu. Forte ao acordar; morte ao almoçar."

"Ele tinha muito do que prestar contas, Vida."

"Alguém prestou conta por ele: 'Sem almoço'."

"Você perdoa tudo daquele condenado."

"Ele pagava muito bem para a gente, Sandler, e ensinou muita coisa também. Coisas que eu nunca ia saber se continuasse morando no brejo, numa casa em cima de estacas. Você sabe como ficaram as mãos da minha mãe. Por causa de Bill Cosey, nenhum de nós teve de continuar fazendo aquele tipo de trabalho."

"Não era assim tão ruim. Sinto saudade às vezes."

"Saudade de quê? Da água servida? Das cobras?"

"Das árvores."

"Ah, sei." Vida jogou a colher dentro da taça de sorvete com força e conseguiu o tilintar que queria.

"Lembra das tempestades de verão?" Sandler a ignorou. "Um pouco antes o ar..."

"Levante, Romen." Vida deu um tapinha no ombro do menino. "Me ajude com os pratos."

"Ainda não terminei, vó."

"Terminou, sim. De pé."

Romen soltou o ar pelos lábios, empurrou a cadeira e se esticou. Tentou trocar um olhar com o avô, mas os olhos do velho estavam voltados para dentro.

"Nunca vi um luar daqueles em lugar nenhum", soou, baixa, a voz de Sandler. "Dava vontade de..." Ele se controlou: "Não estou dizendo que gostaria de voltar atrás".

"Espero mesmo que não." Vida raspou os pratos com ruído. "Tinha de ter guelras para isso."

"Mrs. Cosey disse que era um paraíso." Romen tentou pegar um cubo de abacaxi com os dedos.

Vida deu um tapa na mão dele. "Era uma plantação. E Bill Cosey tirou nós todos de lá."

"Os que ele quis." Sandler falou para si mesmo.

"Eu ouvi isso. Está querendo dizer o quê?"

"Nada, Vida. Como você disse, o homem era um santo."

"Não dá para discutir com você."

Romen esguichou sabão líquido na água quente. Era gostoso enfiar as mãos naquilo, embora ardesse nos machucados dos nós dos dedos. Sentiu mais dor do lado enquanto estava na pia, mas era gostoso ouvir os avós discutindo os velhos tempos. Dava menos medo.

A garota não se enganou de casa e o homem com o saco de Ice-Off não estava errado: a casa era graciosa, imponente, e o telhado pontudo sobre os três andares sugeria mesmo uma igreja. A escada para a varanda, íngreme e brilhando de gelo, pedia cuidado, pois não havia corrimão. Mas a garota pisou na entrada e subiu os degraus sem hesitação. Como não viu nenhuma campainha, começou a bater, mas hesitou ao ver uma fresta de luz embaixo, à direita da varanda. Desceu a escada íngreme, acompanhou a curva marcada por placas de ardósia semi-enterradas e desceu um lance de escada de ferro iluminado pela janela. Além da janela, uma porta. O vento não batia nela ali. O lugar tinha o aspecto do que algumas pessoas chamavam de apartamento de jardim — outras, de apartamento de porão. Olhou pelo vidro e viu uma mulher sentada. Na mesa, diante dela, um escorredor de macarrão, jornais, uma tigela de misturar massa. A garota bateu na janela e sorriu quando a mulher levantou os olhos. Ela se levantou devagar, mas uma vez de pé foi depressa até a porta.

"O que deseja?" A porta se abriu apenas o suficiente para mostrar um olho cinzento.

"Estou aqui por causa do emprego", disse a garota. Um cheiro marinho escapou pela fresta.

"Então está perdida", disse a mulher, e bateu a porta.

A garota deu um soco na porta, gritando: "Aqui diz rua Monarch! Número 1!".

Não houve resposta, então ela voltou à janela e tamborilou no vidro com as unhas da mão esquerda enquanto com a direita apertava o anúncio na direção da luz.

A mulher voltou à janela, os olhos demonstrando claramente seu incômodo ao olhar para a garota, depois deslizou do rosto jovem e do sorriso solícito para o pedaço de papel. Apertou os olhos para ler, olhou de novo o rosto e outra vez o pedaço de papel. Foi na direção da porta e desapareceu da janela, mas não antes de uma faísca de pânico cintilar em seus olhos e se apagar.

Quando a garota entrou, a mulher não a convidou a sentar nem a cumprimentou. Pegou o anúncio e leu. Um círculo feito a lápis separava as poucas linhas de um anúncio de emprego doméstico dos outros acima e abaixo.

PRECISA-SE DE ACOMPANHANTE, SECRETÁRIA PARA SENHORA MADURA, PROFISSIONAL. TRABALHO LEVE, MAS ALTAMENTE CONFIDENCIAL. APRESENTAR-SE A MRS. H. COSEY. RUA MONARCH, 1, SILK.

"Onde arrumou isso?" O tom da mulher era acusatório.

"No jornal."

"Isso eu estou vendo. Qual? O *Harbour Journal*?"

"Sim, senhora."

"Quando?"

"Hoje."

Ela devolveu o anúncio. "Bom. Acho melhor sentar." A dureza da voz abrandou.

"A senhora é Mrs. H. Cosey?"

Ela deu uma olhada na moça. "Se fosse, estaria sabendo desse papelzinho, não é mesmo?"

O riso da garota foi como um súbito agitar de sinos. "Ah, claro. Desculpe."

As duas se sentaram e a mulher voltou ao trabalho, limpando camarões. Doze anéis, dois em cada um de três dedos de cada mão, refletiam a luz do teto e pareciam transformar seu trabalho em feitiçaria.

"Você tem um nome?"

"Tenho sim, senhora. Junior."

A mulher levantou os olhos. "Idéia do seu pai?"

"Sim, senhora."

"Misericórdia."

"Pode me chamar de June, se quiser."

"Não quero. Seu pai lhe deu um sobrenome? Prom, talvez? Ou Choir?"

"Viviane", disse Junior. "Com *e*."

"Com *e*? Você é daqui?"

"Era. Estive fora."

"Nunca ouvi falar de nenhuma família por aqui chamada Viviane com *e* ou sem *e*."

"Ah, eles não são daqui. Na origem."

"De onde então?"

A jaqueta de couro ronronou quando Junior Viviane encolheu os ombros e esticou a mão para pegar o escorredor sobre a mesa. "Do norte. Posso ajudar com isto aqui, dona?", perguntou. "Sou boa de cozinha."

"Não." A mulher levantou uma mão impositiva. "Precisa de um certo ritmo."

Um buquê de vapor subiu da água que levantou fervura no fogão. Atrás da mesa havia uma parede de prateleiras, a superfície delas muito pálida e manuseada, como massa de fermento. O silêncio que se esticava entre as duas mulheres ficou mais tenso. Junior Viviane se agitou, a jaqueta rangendo por cima do tiquetaque das cascas de camarão.

"Mrs. H. Cosey está aqui, dona?"

"Está, sim."

"Posso falar com ela, por favor?"

"Deixa eu ver isso aí de novo." A mulher enxugou as mãos num pano antes de tocar no anúncio. "Altamente confidencial, é?" Contraiu os lábios. "Dá para acreditar. Eu acredito mesmo", disse ela, e largou o papel com o polegar e o indicador, como quem coloca uma fralda de molho em um balde. Enxugou as mãos de novo e escolheu um camarão. Ali, bem ali, debaixo da carne que segurava entre os dedos, corria uma linha escura e macia. Hábil como um joalheiro, ela a removeu.

"Posso falar com Mrs. Cosey agora, por favor?" Junior afundou o queixo na palma da mão, sublinhando a pergunta com um sorriso.

"Acho que sim. Claro. Suba essa escada, depois outra escada. Até lá em cima." Apontou um lance de escadas que saía de uma alcova junto ao fogão. Junior se pôs de pé.

"Acho que você não deve estar interessada no meu nome."

Junior voltou, o sorriso como um estudo de embaraço e confusão. "Ah, claro, dona. Desculpe. Desculpe mesmo. Estou muito nervosa."

"É Christine. Se conseguir esse emprego 'altamente confidencial' vai ter de saber."

"Espero que sim. Muito prazer, Christine. De verdade. Segundo andar, a senhora disse?"

Suas botas soaram abafadas nos degraus.

Christine virou para o outro lado. Devia ter dito: "Não. Terceiro", mas não disse. Em vez disso, olhou a luz de aquecimento da panela de arroz. Juntou as cascas de camarão, jogou dentro da água fervente e ajustou o fogo. Voltou à mesa, pegou a cabeça de alho e, satisfeita com as mãos enfeitadas, como sempre, descascou dois dentes. Cortou em cubinhos e deixou em cima da tábua. A velha geladeira Philco resmungou e tremeu. Christine deu-lhe um tapinha confortador antes de se abaixar diante de um armário pequeno, pensando: o que ela está aprontando agora? Deve estar com medo ou preparando algum lance. Mas o quê? E como conseguiu colocar um anúncio no jornal sem que eu soubesse? Escolheu a terrina de prata com uma tigela de vidro encaixada, suspirou para as manchas teimosas do entalhe de Cs que havia na tampa. Como todas as outras letras entalhadas pela casa, o C duplo ia além do ornamentado, tornava-se ilegível. Até mesmo no cabo da colher que estava no bolso de seu avental, as iniciais, um dia entrelaçadas para toda vida, eram apenas um vestígio. Era pequena, uma colher de café, mas Christine comia com ela em todas as refeições que podia só para manter próxima a criança a quem havia sido dada e reter também as imagens que invocava. Pescando com ela fatias de pêssego no sorvete feito em casa, desamparada nessa emoção, sem se importar com os grãos de areia que o vento soprava na sobremesa — no piquenique inteiro, aliás.

Christine ensaboou e enxaguou a tigela de vidro enquanto seus pensamentos vagavam dos piqueniques na praia para líquido de limpar prata, do ar salgado para cotonetes e para a entrevista que devia estar acontecendo naquele momento no quarto da mulher mais maldosa da costa. Enquanto estava sentada na frente da mentirosa Ms. Junior-mas-pode-me-chamar-de-June, Christine havia comparado seu corpo de quarenta anos atrás — até de trinta — com o corpo da garota e havia ganhado. A garota tinha boas pernas (bem, só dava para ver os joelhos e as coxas naquelas botas altas) e o traseiro estreito, arrebitado, que fazia furor nos dias de hoje. Mas não tinha como rivalizar com a Christine de 1947, quando a praia era cor de creme mas cintilante, e as ondas que sugavam surgiam de uma água tão azul que era preciso virar o rosto para não ferir os olhos. Foi o rosto da garota que fez soarem gongos de inveja. Isso e aquele cabelo de amazona. Primeiro, Christine olhara fixamente para ela, depois, cautelosa, para o recorte de jornal. Não fosse por isso, jamais deixaria entrar em casa uma garota estranha sem bolsa. O trabalho com o camarão havia lhe dado tempo para colher uma impressão dela, alguma sensação do que queria (para não falar de quem seria). Deu-lhe também motivo para manter os olhos baixos, porque não gostou do salto que seu coração deu quando olhou nos olhos da garota. Tinha aquele ar enervante de criança subalimentada. Que dá vontade de pegar no colo ou de estapear por ser carente.

Christine mexeu o alho na manteiga que derretia na frigideira e começou a preparar o molho. Passado um momento, polvilhou a farinha e olhou enquanto ela dourava antes de dissolver a pasta com caldo de carne, batendo até ficar homogênea.

"Sou boa de cozinha", foi o que a garota dissera, estendendo as mãos sujas para a tigela de camarões limpos. E aquele "era" daqui, como disse, sentada na frente da mulher mais conhecida do condado, a mulher que conhecia todas as pessoas negras nascidas entre Niggerhead Rock e Sooker Bay, de Up Beach até Silk e metade das de Harbor também, uma vez que fora lá que passara (ou desperdiçara) todo um pedaço de sua vida. Junior Viviane. Com *e*. Parecia nome de algum *card* de jogador de beisebol. Então por que aquele sobressalto no coração? Será que ela tivera medo de corar em reconhecimento, a voz ficando cortante como uma navalha para eliminar a possibilidade? Todos os indícios de uma vida de rua, de fugitiva, eram familiares demais: o sabonete de rodoviária, os sanduíches dos outros, o cabelo sem lavar, as roupas dormidas, a ausência de bolsa, a boca limpada com chiclete em vez de pasta de dentes. Então para que Heed precisaria dela? Como o anúncio havia sido colocado no jornal se o telefone não funcionava? O menino dos Gibbon devia ter ajudado — acrescentando essa tarefa a outras depois de trabalhar no quintal. Fosse o que fosse, o que estava acontecendo era uma armadilha preparada por uma serpente de salto alto. Algum novo jeito de roubar seu futuro, assim como havia arrebatado seu passado.

"Deus me livre", sussurrou.

Christine separou os dedos para sentir o ânimo que os diamantes sempre lhe davam. Então distribuiu o arroz, o camarão, o molho, cada um em uma camada, meticulosamente, artisticamente, dentro da caçarola. Não ia esfriar enquanto ela preparava a salada leve. Depois arrumaria tudo em uma bandeja de prata, levaria três andares de escada acima, onde esperava que fosse matar engasgada a coisa mais perversa da costa.

"Senhor meu. Neve." Ela falou sem virar a cabeça, simplesmente abrindo um pouco mais as cortinas. "Venha até aqui e veja. Neste lugar, imagine."

Junior se aproximou da mulher minúscula ao lado da janela e olhou pela vidraça, tentando, mas não conseguindo, ver flocos de neve. A mulher parecia ter sessenta e tantos anos pelo menos — o cabelo ficava megapreto por causa da faixa grisalha junto às raízes —, mas tinha algo do cheiro de uma menininha: bala de rum amanteigada, suco de mato, pele de animal.

"Estranho, você não acha? Aqui não neva nunca. Nunca."

"Vi um homem espalhando aquele sal para derreter gelo", disse Junior. "Se ele já tinha isso em casa, devia estar querendo usar."

Surpresa, a mulher se virou. A garota a chamara de mentirosa antes mesmo de dizer alô.

"Está aqui por causa do emprego?" Seus olhos varreram o rosto de Junior, depois examinaram a roupa. Sabia que a pretendente estava na casa muito antes de ouvir passos que não eram nem de Christine, nem de Romen. Então colocou-se depressa ao lado da janela para armar a pose correta, causar uma certa impressão. Mas não precisava ter se incomodado. A garota não era nada do que esperava. Não só por causa do cabelo despenteado e da roupa desmazelada; havia uma ousada preguiça em suas maneiras, no jeito de falar. Como o "É" com que respondeu à pergunta de Heed.

"Está querendo dizer 'Sim'?"

Assim como a cozinha lá embaixo, aquele quarto era iluminado demais, como uma loja de departamentos. Todos os abajures — seis? dez? — acesos, rivalizando com o lustre. Ao subir a escada escura, olhando por cima do ombro, Junior tentou adivinhar o que haveria nos outros quartos. Parecia que cada mulher vivia em um foco de luz separado — ou ligado — pela escuridão entre elas. Observando abertamente os objetos empilhados sobre as mesas e escrivaninhas, esperou a mulherzinha quebrar o silêncio.

"Eu sou Heed Cosey. E você é quem?"

"Junior. Mas pode me chamar de June."

"Ai, ai", disse Heed, e bateu os cílios como alguém que houvesse derramado vinho tinto sobre veludo claro: sinto muito, evidentemente, e não tem importância, evidentemente, mas mesmo assim difícil de limpar. Ao se afastar da janela, teve de andar com cuidado, tão cheio de mobília era o quarto. Uma *chaise longue*, duas penteadeiras, duas escrivaninhas, mesinhas, cadeiras de espaldar reto e de assento baixo. Tudo dominado por uma cama atrás da qual espreitava o retrato de um homem. Heed por fim sentou-se a uma pequena escrivaninha. Pousou as mãos no colo e com a cabeça convidou a garota a sentar-se na cadeira em frente.

"Me conte onde trabalhou antes. O anúncio não falava de currículo, mas preciso saber seu histórico profissional."

Junior sorriu. A mulher pronunciou "curríclo", com três sílabas. "Tenho dezoito anos e posso fazer qualquer coisa que a senhora deseje. Qualquer coisa."

"É bom saber disso, mas e as referências? Tem alguma? Alguém com quem eu possa entrar em contato?"

"Não."

"Bom, como vou saber se você é honesta? Discreta?"

"Uma carta não garante isso, mesmo que diga que sim. Eu

digo que sou. Me contrate e a senhora vai descobrir. Se eu não servir..." Junior virou a palma das mãos para cima.

Heed tocou os cantos da boca com uma mão pequena como de criança e torta como uma asa. Por um instante considerou sua imediata antipatia pela pessoa Junior-mas-pode-me-chamar-de-June, largada ali na sua frente, e pensou que a fala direta, embora não uma pose, era uma espécie de representação. Considerou também outra coisa: se a atitude da garota resistiria. Precisava de alguém que pudesse ser seduzida para determinadas coisas ou que já tivesse uma certa fome. A situação estava ficando urgente. Christine, fiel a seu coração de prostituta, exibia diamantes na cara da legítima dona deles e surrupiava o dinheiro da casa para pagar uma advogada.

"Deixe eu dizer o que este emprego vai exigir. Estou falando de deveres."

"Vá em frente." Junior tirou a jaqueta, fazendo miar o couro barato. Por baixo, a camiseta preta não dava nenhum suporte a seus seios, mas Heed viu claramente que não precisavam de suporte nenhum: os mamilos eram altos, marciais. Sem a jaqueta, o cabelo pareceu ficar mais visível. Camadas de saca-rolhas, repartidas ao meio, brilharam negras à luz dos abajures.

"Estou escrevendo um livro", disse Heed, um sorriso de satisfação a iluminar-lhe o rosto. A postura que assumiu para conduzir a entrevista mudou com a menção do livro. "É sobre a minha família. Os Cosey. A família de meu marido."

Junior olhou o retrato. "É esse aí?"

"É ele. Foi pintado de uma foto, de modo que é exatamente igual a ele. O que você está vendo ali é um homem maravilhoso." Heed suspirou. "Já recolhi todo o material, mas algumas coisas precisam de confirmação, sabe. Datas, nomes. Tenho todos os livros de hóspedes do nosso hotel — menos uns dois ou três, acho —, e algumas dessas pessoas, não muitas, mas algumas, tinham péssima caligrafia. Péssima. Mas a maioria delas tinha letra perfeita, sabe, porque era assim que a gente aprendia. Mas papá não deixava escreverem com letra de forma como fazem agora, ao lado da assinatura. Nem precisava mesmo, porque a gente conhecia todo mundo que era alguém e conseguia reconhecer a assinatura mesmo que fosse só um X, mas claro que aqui não vinha gente do tipo que assina com um X. Nossos hóspedes, a maioria, tinham uma letra linda porque, cá entre nós, a pessoa tinha de ser mais que alfabetizada, tinha de ter uma posição, uma educação, entende? Não dá para conquistar nada se a letra for ruim. Hoje as pessoas escrevem com os pés."

Heed riu e disse: "Desculpe. Você não faz a menor idéia, não é?, do que eu estou falando. Eu fico excitada, é isso, só de pensar". Com os polegares, arrumou as lapelas do vestido de andar em casa, retomando o tom da entrevista. "Mas quero saber de você. 'Junior', você disse?"

"É."

"Pois então, Junior. Você disse que pode fazer tudo que eu quiser, então deve ter trabalhado em algum lugar antes. Se vai me ajudar com o meu livro, preciso saber..."

"Olhe, Mrs. Cosey. Eu sei ler, sei escrever, certo? Sou bem esperta. A senhora quer que escreva à mão, quer que bata à máquina, eu faço. Quer que arrume seu cabelo, eu arrumo. Quer tomar um banho, eu dou. Preciso de um emprego e preciso de um lugar para morar. Eu sou boa mesmo, Mrs. Cosey. Muito boa mesmo." Deu uma piscada, surpreendendo Heed com uma lembrança momentânea de algo fora do alcance, como uma concha arrebatada por uma onda. Pode ter sido esse toque tão agudo de melancolia que a fez inclinar-se para perto da garota e sussurrar.

"É capaz de guardar um segredo?" Ela prendeu a respiração.

"Como ninguém."

Heed soltou o ar. "Porque o trabalho é confidencial. Ninguém pode saber. Ninguém."

"Está falando de Christine?"

"Estou falando de todo mundo."

"Eu aceito."

"Nem sabe quanto é o pagamento."

"Eu aceito o emprego. A senhora paga. Começo agora ou espero até amanhã?"

Passos, lentos e regulares, soaram no corredor.

"Amanhã", disse Heed. Ela sussurrou a palavra, mas tinha a urgência de um grito.

Christine entrou trazendo uma bandeja. Nenhum toque na porta a anunciou, nenhuma palavra a acompanhou. Colocou a bandeja na escrivaninha onde Heed e Junior estavam frente a frente e saiu sem trocar um único olhar.

Heed levantou a tampa da caçarola e a recolocou no lugar. "Qualquer coisa para me incomodar", disse ela.

"Parece delicioso", disse Junior.

"Então coma você", disse Heed.

Junior espetou um camarão com o garfo, colocou na boca e gemeu: "Hummm, nossa, ela sabe mesmo cozinhar".

"O que ela sabe é que eu não como frutos do mar."

O segundo andar não tinha nada daquele conforto sobrecarregado que Junior encontrou no terceiro. Ali, um corredor, dois quartos simples, uma espécie de escritório e um banheiro equivaliam a toda a área do quarto de cima, onde Junior havia passado duas horas tentando decifrar a mulher que agora era sua patroa.

Não devia ter levado tudo isso, mas ela tanto se distraiu

com o gosto da comida quente, feita em casa, que esqueceu. Estava quase terminando o segundo prato quando começou a observar o rosto por trás do rosto; e a ouvir as palavras por trás da fala. Foi Heed brincando com o garfo que finalmente desviou a atenção de Junior do próprio prato. Segurando o garfo entre o polegar e a palma da mão, arrastando folhas de alface de Boston pelo azeite e pelo vinagre, perfurando azeitonas, levantando anéis de cebola com os dentes do garfo para deixar caírem de novo e de novo, Heed ficara falando, sem comer nada. Junior olhava mais as mãos do que a atividade com que se ocupavam: pequenas, macias como as de uma criança, a não ser por uma pequena cicatriz numa delas, cada uma se afastando em curva de sua parceira — como barbatanas. Artrite?, imaginou. Será por isso que não consegue escrever o próprio livro? Perda de memória, talvez. Mesmo antes de chegar a comida, tinha percebido a mudança na fala de Heed, a lenta mudança da sala de aula para o vestiário de meninas; da sala da diretoria para um bar dos arredores.

Bocejando debaixo dos cobertores da cama que Heed lhe indicara, Junior lutava contra o sono para organizar, para recuperar suas impressões. Sabia que havia comido demais, muito depressa, como em seus primeiros dias na Correcional, antes de aprender a fazer a comida durar. E exatamente como lá, já estava pronta para mais. Seu apetite não a surpreendia — era permanente —, mas a ferocidade dele sim. Ao ver Christine, de olhos cinzentos, limpar os camarões, ela havia controlado o apetite e não tivera problema para entender que uma criada que cozinhava com doze anéis de diamante nos dedos devia gostar — talvez até precisar — de um pouco de bajulação. E embora também tivesse percebido a pose da outra e a identificado desde o início como um escudo protetor, Junior esperava que uma certa insolência bastasse para rachá-lo. Porém, comer comida de verdade depois de dias de lixo puro e roubos públicos tinha lhe baixado as antenas. Como agora, quando o sono — sozinha, em silêncio, em total escuridão afinal — subjugava o cuidado com o prazer. Simplesmente não ter uma privada no quarto onde dormia era uma emoção. O banho que tanto queria tinha de esperar. Quando Heed lhe disse que o tempo estava muito ruim, que a garagem de ônibus era muito longe, por que não passar a noite ali e pegar suas coisas amanhã?, Junior pensou imediatamente num mergulho solitário em uma banheira de verdade, com uma barra de sabonete perfumado e colorido. Mas a água que ouviu correndo nos canos acima reduzia a um suspiro o fluxo da torneira da banheira do segundo andar. Heed passara à frente dela, então Junior, por alguns minutos, revistou o armário, onde encontrou um capacete, uma lata de massa de tomate, dois sacos de açúcar duros como pedra, um tubo de creme Jergens para mãos, uma lata de sardinhas, uma garrafa para leite cheia de chaves e duas malas trancadas. Desistiu de tentar forçar as fechaduras e tirou a roupa. Massageou os pés e então se enfiou embaixo das cobertas com a sujeira de dois dias à espera.

O sono veio tão depressa que foi só no sonho que sentiu aquela coisa nova e peculiar: proteção. Um leve traço de alívio, como nos primeiros dias da Correcional, quando as noites eram tão aterrorizantes; quando serpentes verticais de pés minúsculos jaziam à espreita, as lingüinhas verdes implorando que descesse da árvore. De vez em quando, havia alguém debaixo dos galhos, parado longe das cobras e, embora não conseguisse ver quem era, sua presença significava resgate. Então ela suportava os pesadelos, até entrava neles, para tentar ver um relance do rosto do estranho. Mas nunca viu, e ele por fim desaparecia junto com as cobras em pé. Mas aqui, agora, mergulhada no sono, sua busca parecia haver terminado. O rosto pendurado em cima da cama da nova patroa devia ter dado início àquilo. Um homem bonito com queixo de Recruta Joe e um sorriso tranqüilizador que prometia dias sem fim de comida quente e saborosa; olhos doces que prometiam sustentar com firmeza uma garota nos ombros enquanto ela roubava as maçãs dos ramos mais altos.

2. AMIGO

Vida armou a tábua de passar roupa. Não conseguia entender por que o hospital havia cortado o serviço de lavanderia, mantendo-o apenas para a "equipe crítica" — médicos, enfermeiras, técnicos de laboratório. Agora os zeladores, os copeiros, além das ajudantes como ela, tinham de lavar e passar os próprios uniformes, o que a fazia lembrar da fábrica de conservas antes de Bill Cosey a contratar para o primeiro trabalho em que jamais teve de usar meias. Usava meias no hospital, claro, mas eram grossas, brancas. Não as leves, femininas, exigidas para ficar atrás do balcão de recepcionista do Cosey's Hotel. Além de um vestido bom de fato, bom até para ir à igreja. Foi Bill Cosey quem pagou mais dois, para ela ter como trocar e os hóspedes não confundirem o uso de um único vestido com uniforme. Vida achou que ele ia deduzir o custo do salário dela, mas ele nunca fez isso. O prazer dele era agradar. "A melhor diversão", dizia sempre. Era o lema do hotel e o que ele prometia a todos os hóspedes: "A melhor diversão do lado certo da lei". As lembranças que Vida tinha do trabalho lá se misturavam com as recordações de infância, quando gente famosa estava sempre voltando ao hotel. Nem mesmo deficiências no serviço ou acidentes de afogamento os dissuadiam de prolongar a estada ou de retornar no ano seguinte. Tudo por causa do sorridente Bill Cosey e da grande hospitalidade que fazia a fama do lugar. O riso dele, o braço que abraçava, a percepção instintiva das necessidades dos hóspedes atenuavam qualquer falha ou tropeço, de um comentário ouvido entre os funcionários ou de uma esposa boba, dominadora — burra como uma porta —, a um pequeno furto, a um ventilador de teto quebrado. O charme de Bill Cosey e a comida de L triunfavam. Quando as luzes que circundavam a pista de dança oscilavam no ar marinho; quando a orquestra esquentava e as mulheres apareciam, vestidas de *moiré* e *chiffon*, deixando um rastro de perfume de jasmim; quando os homens com belos sapatos e riscas perfeitas nas calças de linho puxavam cadeiras para as mulheres poderem sentar joelho a joelho em pequenas mesas, um saleiro que sumira ou palavras ásperas trocadas muito perto do público perdiam a importância. Os pares deslizavam debaixo das estrelas e não se importavam com os intervalos longos demais porque a brisa do mar os mantinha mais felizes e gentis do que os coquetéis. Mais à noite — quando os que não estavam jogando uíste estavam contando grandes mentiras no bar; quando os casais se esgueiravam no escuro –, os dançarinos que sobravam faziam passos com nomes afrontosos, nomes que os músicos inventavam para controlar, confundir e excitar seu público, tudo ao mesmo tempo.

Vida acreditava que era uma mulher prática, dona tanto de bom senso quanto de bom coração, mais precavida que sonhadora. Mesmo assim, só extraía doçura daqueles nove anos, iniciados logo depois do nascimento de sua única filha, Dolly, em 1962. O declínio que já estava em curso naquela época foi mantido invisível até não ser mais possível esconder. Então Bill Cosey morreu e as moças Cosey brigaram em cima do caixão dele. Mais uma vez L impôs a ordem, como sempre fizera. Duas palavras ciciadas na cara delas as imobilizaram. Christine fechou a navalha; Heed pegou seu ridículo chapéu e foi para o outro lado do túmulo. Paradas ali, uma à direita, outra à esquerda do caixão de Bill Cosey, os rostos das duas, tão diferentes como mel e fuligem, pareciam idênticos. O ódio faz essas coisas. Queima tudo, menos a si mesmo, de forma que, seja qual for a ofensa, o rosto da pessoa fica igualzinho ao do inimigo. Depois disso, ninguém podia duvidar de que os bons tempos estavam tão mortos quanto ele. Se Heed tinha algum plano de que o lugar tornasse a ser o que havia sido quando Vida era uma menininha de Up Beach, teve de abandoná-lo rapidamente, assim que L pediu demissão, naquele mesmo dia. Ela pegou um lírio da coroa de flores funerária e nunca mais pisou no hotel — nem para fazer as malas, pegar seu chapéu de *chef* ou os sapatos brancos de amarrar. De sapato de domingo, com cinco centímetros de salto, ela saiu do cemitério direto para Up Beach, reclamou o barraco da mãe e mudou-se para lá. Heed fez o que tinha de fazer e todo o possível para manter as coisas em marcha, mas um disc-jóquei de dezesseis anos operando um gravador de fita só era atraente para os nativos. Ninguém com dinheiro de verdade viajaria longas distâncias para ouvir aquilo, nem reservaria um quarto para ouvir as canções *doo-wop* que tinham em casa; nem procuraria uma pista de dança lotada de adolescentes dançando passos de que nunca tinham ouvido falar e que não conseguiam imitar. Principalmente quando as refeições, o serviço, a roupa de cama se esforçavam por uma elegância que passava despercebida e não era valorizada pela nova turma.

Vida deslizou o bico do ferro de passar em volta dos botões, mais uma vez frustrada com aquela fenda no metal que algum homem idiota achou que podia funcionar. O mesmo idiota que achou que um ferro de cem gramas seria melhor que um ferro pesado. Mais leve, sim, porém não passava nada que precisava ser passado, só coisas que davam para desamassar com o calor da mão: camisetas, toalhas, fronhas vagabundas. Mas não um bom uniforme de algodão com doze botões, dois punhos, quatro bolsos e um colarinho que não era uma extensão preguiçosa das lapelas. Era a isso que tinha chegado? Vida sabia que era uma sorte ter aquele emprego no hospital. Por mais exíguo que fosse, o pagamento mensal ajudara a encher sua casa com os sons suaves de campainhas muito reconfortantes: o toque do forno microondas quando estava pronto, o do ciclo da máquina de lavar, o da secadora de roupa; atenção, há fumaça em algum lugar, o telefone está fora do gancho. Luzes se acendiam quando o café estava coado, a torrada estava torrada e o ferro quente. Mas a boa fortuna de seu atual emprego não a impedia de preferir o antigo, que pagava menos em tudo, a não ser na satisfação. O Cosey's Resort era mais que um parque de diversões; era uma escola e um abrigo onde as pessoas debatiam a morte nas cidades, os assassinatos no Mississippi e o que planejavam fazer a respeito além de lamentar e ficar olhando os próprios filhos. Então a música começava, convencendo-os de que iriam conseguir superar tudo e resistir.

Ela agüentou, a Heed. É preciso dar a ela esse crédito, mas não mais do que isso para uma mulher que, em vez de dinheiro, deu toalhas e lençóis rasgados a uma família vítima de enchente. Durante anos, antes de Cosey morrer mesmo, enquanto ele envelhecia e ia perdendo o interesse em tudo que não fosse Nat Cole e Wild Turkey, Heed desfilava por aí como uma versão ignorante de Scarlett O'Hara — recusando conselhos, despedindo os leais, contratando os levianos e brigando com May, que era a única que realmente ameaçava o ar que ela respirava. Ela não podia despedir a enteada enquanto Cosey estava vivo, mesmo que ele passasse quase todos os dias pescando e quase todas as noites junto com amigos meio bêbados. Pois foi a isso que chegou: um belo homem dominador se rendendo a mulheres em conflito, deixando que elas destruíssem tudo que ele havia construído. Como puderam fazer isso?, Vida pensou. Como puderam deixar uns gângsteres, uns diaristas, a ralé da fábrica de conserva e gente que só aparecia no dia do pagamento entrar lá, arrastando com eles a atenção da polícia, como um rabo? Vida tendia a colocar a culpa da cleptomania de May na clientela cada vez mais andrajosa — só Deus sabe o que aqueles diaristas levavam para casa —, mas May vinha roubando desde antes de Vida ser contratada e muito antes da mudança na qualidade dos hóspedes. Na verdade, seu segundo dia no trabalho, de pé atrás do balcão, foi marcado pelo hábito de May. Uma família de quatro pessoas estava chegando de Ohio. Vida abriu o livro de registro. A data, o sobrenome e o número do quarto estavam impressos com nitidez à esquerda, com um espaço à direita para a assinatura do hóspede. Vida estendeu a mão para o suporte de caneta de mármore, mas não encontrou caneta nenhuma nem ali, nem por perto. Aflita, procurou em uma gaveta. Heed chegou no momento em que ela estava prestes a entregar um lápis para o pai.

"O que é isso? Está dando um lápis para ele?"

"A caneta sumiu, dona Heed."

"Não pode ser. Olhe de novo."

"Já olhei. Não está no lugar."

"Olhou no seu bolso?"

"Como assim?"

"No bolso do seu paletó talvez?" Heed deu uma olhada para os hóspedes e abriu um sorriso resignado, como se todos entendessem como era difícil lidar com funcionários inadequados. Vida tinha dezessete anos e era mãe recente. O posto que Mr.

Cosey havia lhe dado era alto e, ela esperava, um salto permanente para longe do cocho de peixes onde costumava trabalhar, onde seu marido ainda trabalhava. Ficou com a boca seca e os dedos tremeram quando Heed a confrontou. Lágrimas estavam se juntando para humilhá-la ainda mais quando chegou a salvação, usando um fofo chapéu branco de *chef*. Estendeu a caneta na mão; enfiou-a no suporte e, virando-se para Heed, disse: "May. Como você bem sabe".

Foi quando Vida entendeu que tinha de aprender mais do que registrar hóspedes e manipular dinheiro. Como em qualquer local de trabalho, havia ali velhas alianças, batalhas misteriosas, vitórias patéticas. Mr. Cosey era a realeza; L, a mulher com chapéu de *chef*, era o bispo. O resto todo — Heed, Vida, May, garçons, faxineiras — era a corte lutando por um sorriso do príncipe.

Ela se surpreendera à mesa do jantar, ao levantar os velhos rumores sobre a morte de Cosey. Como odiava rumores produzidos pela inveja, queria acreditar no que o médico dizia: ataque do coração. Ou no que L dizia: dor de coração. Ou mesmo no que May dizia: dessegregação. Certamente não no que os inimigos diziam: sífilis desenfreada. Sandler dizia que oitenta e um anos era bastante; Bill Cosey simplesmente se cansara. Mas Vida vira a água se turvar antes de ele beber e vira a mão que ele colocara não no peito, onde o coração explodira, mas no estômago. Porém os que podiam desejar vê-lo morto — Christine, um marido ou outro e alguns empresários brancos — não estavam por perto. Só ela, L e um garçom. Nossa, que confusão. Um corpo moribundo se mexe, se debate contra esse sono. E lá estava Heed gritando feito uma maluca. May correndo até a casa da rua Monarch para se trancar dentro de um armário. Se não fosse por L, o modelo de cidadão do condado não teria tido o funeral digno que merecia. E quando Christine e Heed quase se pegaram no final, L entrou no meio daquelas duas víboras rígidas, forçando-as a morder a língua. Coisa que, segundo diziam todos, estavam fazendo ainda, à espera de que a outra morresse. Então a moça a quem Sandler orientara para a casa delas devia ser parente de Heed. Era a única com família viva. Com cinco irmãos e três irmãs, podia ter cinqüenta sobrinhos. Ou talvez não fosse parente coisa nenhuma. Vida resolveu pedir a Romen para descobrir — discretamente, se possível; senão, diretamente, embora não houvesse muita esperança de obter dele uma resposta confiável. O menino andava tão desatento aqueles dias, tão instável. Seria ótimo se um dos pais conseguisse uma licença agora, antes que ele se envolvesse em algum problema que nem ela nem Sandler conseguiriam resolver. As mãos dele não estavam daquele jeito por causa do trabalho. Tinha batido em alguém. Forte.

Debaixo da casa, à luz de uma única lâmpada, Sandler deu uma risada. Vida estava certa. Tinha *mesmo* ficado impressionado com as pernas da garota. No vento gelado, nem um arrepiozinho à vista — só a pele lisa, macia, com a promessa de músculos fortes por baixo. Pernas de dançarina: compridas, infelizes quando quietas, loucas para se levantar, se abrir, se enrolar em torno de você. Devia ter vergonha, pensou, quando o riso virou uma risada abafada: um avô de mais de cinqüenta anos, fiel e devotado à mulher, dando risadinhas na frente do mostrador da caldeira no porão, contente de ter se excitado com a visão inesperada de coxas jovens. Sabia que sua aspereza com ela havia sido reação ao sentimento que ela despertara, e achava que ela sabia disso também.

Sandler olhou o mostrador, imaginou que, se programasse 27 graus, produziria talvez 21 graus em seu quarto, uma vez que o atual programa de 21 graus estava chegando aos 15 lá. Suspirou diante do problema: uma caldeira, raramente necessária naquele clima, parecia tão confusa diante de seu próprio funcionamento quanto ele. Suspirou de novo ao se lembrar da garota pouco vestida que devia ser uma nortista indiferente a zero grau. Não conseguia imaginar o que ela podia estar querendo com qualquer uma das mulheres Cosey. Ia pedir para Romen descobrir. Ou talvez não. Pedir para o neto espionar introduziria o elemento errado em um relacionamento já desequilibrado pela desconfiança. Queria que Romen fosse direito — não que se esgueirasse em torno de mulheres em alguma incumbência frívola. Isso comprometeria sua autoridade moral. Mesmo assim, se o rapaz acaso descobrisse alguma coisa, ia gostar de saber tanto quanto qualquer um gostaria. Os Cosey sempre foram um assunto acalorado. Fazia cinqüenta anos que tudo o que faziam alimentava conversas por aqui — Oceanside, Sooker Bay, Up Beach, Silk. E isso era natural, já que o hotel afetava todos eles. Fornecia trabalho que não era pescar e empacotar caranguejo; atraía forasteiros que ofereciam anos de excitação e conversa agitada. Caso contrário, nunca viam ninguém além deles mesmos. A debandada dessa classe de turista havia sido dura para todo mundo, como uma onda que recua e deixa para trás um escrito de conchas e algas espalhadas e ilegíveis.

Havia pontos frios na casa de Oceanside, lugares onde o calor parecia nunca entrar. E pontos quentes também. E todos os seus remendos em termostatos, aquecimento básico e filtros eram apenas isso — remendos. Igual à casa de seus vizinhos, a sua havia sido construída como um gesto: pregos de cinco centímetros em vez de dez, telhado leve garantido por dez anos em vez de trinta, painéis de folha fina tremendo em suas molduras. A cada ano que passava, Sandler gostava mais do bairro de onde ele e Vida haviam se mudado. Ela estava certa, claro, de sair de Up

Beach quando saíram, antes da seca que terminou em enchente, e ela nunca mais nem pensou no assunto. Como ele pensava quase todo dia, como agora, nesta noite muito fria, com saudade do fogo crepitando em um fogãozinho bojudo, o cheiro limpo da madeira lavada pela água queimando. Não conseguia esquecer a pintura em que o luar transformava aquelas cabines de Up Beach. Aqui, neste conjunto implantado e aprovado pelo governo, com excesso de luz produzida pelo homem, a lua não fazia nada ficar bonito. Os planejadores acreditavam que gente escura faria menos coisas escuras se houvesse na rua o dobro das lâmpadas que havia em qualquer outro lugar. Só em bairros finos e no campo as pessoas tinham direito às sombras. Então, mesmo quando a lua estava cheia e brilhando, para Sandler era como a lanterna distante de algum caçador de recompensas, não o lençol de ouro batido que se espalhava sobre ele e a casa caindo aos pedaços de sua infância, que punha às claras o truque do mundo, que é fazer-nos pensar que é nosso. Sandler queria de volta a sua lua própria liberando de novo um grande dedo dourado para viajar nas ondas e apontar diretamente para ele. Independentemente de onde ele estivesse na praia, o dedo sabia com precisão; tão firme e pessoal quanto um toque de mãe, o dedo dourado o encontrava, o conhecia. E, embora entendesse que o gesto vinha de uma pedra fria incapaz até mesmo de indiferença, sabia também que estava apontando apenas para ele, e para mais ninguém. Como a garota trazida pelo vento que o havia escolhido, saindo do vento do entardecer para se colocar entre a luz da garagem e o pôr-do-sol, em contraluz, no foco, e olhando só para ele.

Bill Cosey teria feito mais. Teria convidado a moça para entrar e se aquecer, se oferecido para levá-la de carro até onde queria ir, em vez de latir para ela, de duvidar de sua precisão. Cosey teria tido sucesso, sim; quase sempre tinha. Vida, como tantas outras, olhava para ele com olhos de adoração, falava dele com sorrisos prontos a perdoar. Orgulhosa de sua *finesse*, de seu dinheiro, do exemplo que dava, que levava todos a acreditar que com paciência e esperteza conseguiriam também. Mas Sandler havia pescado com ele e, embora não pretendesse conhecer seu coração, sua cabeça ou sua carteira, conhecia seus hábitos.

Ficaram a sotavento, balouçando em uma enseada, não saíram para o mar alto como ele imaginara.

Sandler se surpreendera com o convite, uma vez que Cosey geralmente chamava para seu barco apenas hóspedes especiais ou, quase sempre, o xerife, Buddy Silk — membro de uma família que havia dado nome a toda uma cidade e que colocava nomes de filmes épicos em suas ruas. Cosey o abordara na rua onde Sandler estava estacionado esperando por Vida. Alinhou o Impala azul-claro com a picape de Sandler e disse: "Está ocupado amanhã, Sandler?".

"Não, senhor."

"Não vai trabalhar?"

"Não, senhor. A fábrica de conservas fecha aos domingos."

"Ah, certo."

"Precisa de mim para alguma coisa?"

Cosey contraiu os lábios como se estivesse reconsiderando o convite, depois desviou o rosto.

Sandler observou seu perfil, que parecia o perfil das moedas de níquel, só que sem o penteado e as penas. Ainda bonito, Cosey tinha então setenta e quatro anos; Sandler tinha vinte e dois. Cosey estava casado havia vinte anos; Sandler, havia menos de três. Cosey tinha dinheiro; Sandler ganhava um dólar e setenta centavos por hora. Imaginou se podiam existir dois homens com menos assunto para conversar.

Tendo chegado a uma decisão, Cosey olhou para Sandler.

"Quero pescar um pouco. Assim que amanhecer. Achei que talvez gostasse de ir comigo."

Como trabalhava com peixe o dia inteiro, para Sandler pegar peixes não estava ligado a esporte. Preferia caçar a pescar, mas não havia como recusar. Vida não ia gostar; além disso, tinha ouvido dizer que o barco de Cosey era chique.

"Não precisa trazer nada. Eu tenho tudo."

Nem precisa repetir, Sandler pensou.

Encontraram-se no píer às quatro da manhã e saíram imediatamente, em silêncio. Não falaram do tempo, não apostaram quanto iam pegar. Cosey parecia menos animado que na noite anterior. Sandler atribuiu a mudança à seriedade de manobrar a pequena lancha, saindo para o oceano, depois virando para a terra até uma enseada de que Sandler nunca tinha ouvido falar. Ou talvez fosse a estranheza de estarem juntos sozinhos. Cosey não se misturava ao povo local publicamente, o que significa que lhes dava emprego, brincava com eles, até os resgatava de situações difíceis, mas, a não ser nos piqueniques da igreja, ninguém era recebido nas mesas do hotel ou na pista de dança. Nos anos 40, os preços mantinham a maioria das pessoas do bairro à distância, e mesmo quando uma família juntava dinheiro suficiente para comemorar lá um casamento, era recusada. Com gentileza. Com pedido de desculpas. Com determinação. O hotel estava lotado. Havia algum rancor pela indisfarçada rejeição, mas naquela época a maioria não se importava, achava razoável. Não tinham nem as roupas nem os recursos, e não queriam sentir vergonha diante dos que tinham. Quando Sandler era menino, bastava observar os visitantes, admirar seus carros e a qualidade da bagagem; ouvir a música distante e dançar ao som dela no escuro, o escuro profundo entre suas casas, na sombra abaixo do peitoril de suas próprias janelas. Bastava saber que o hotel e resort de Bill Cosey estava lá. Caso contrário, como explicar o conforto que não existia em nenhum outro lugar no condado, nem no estado, para falar a verdade? Os trabalhadores da fábrica de conservas e as famílias de pescadores valorizavam isso. Assim como as empregadas que viajavam até Silk, as lavadeiras, os apanhadores de frutas e os professores de escolas falidas; até os pastores protestantes em visita, que não aprovavam reuniões movidas a álcool nem música para dançar — todos sentiam um certo direito, um certo anseio voltado para o fato de pertencer à vizinhança do fabuloso e bem-sucedido hotel controlado por alguém de sua gente. Um conto de fadas que sobreviveu mesmo depois que o hotel, para sobreviver, passou a depender das pessoas que um dia excluiu.

"Os bonitos param aqui", disse Cosey. "Posto de descanso para eles, acho." Ele ficou mais animado e pegou uma garrafa térmica de café que, Sandler descobriu, estava tão batizado com bebida que o café era mais cor que sabor. E funcionou. Os dois logo estavam mergulhados nos méritos de Cassius Clay, o que acalmou uma discussão sobre Medgar Evers.

A pesca foi parca, o papo alegre, até o nascer do sol, quando o álcool nivelou e a conversa ficou tristonha. Cosey olhou uns vermes vivos na barriga de uma lampreia e disse: "Se a gente matar os predadores, os fracos comem a gente vivo".

"Tudo tem seu lugar, Mr. Cosey", Sandler replicou.

"Verdade. Tudo. Menos as mulheres. Elas estão por toda parte."

Sandler riu.

"Na cama", prosseguiu Cosey, "na cozinha, no quintal, na mesa, debaixo dos nossos pés, montadas nas nossas costas."

"Isso não deve ser de todo mau", Sandler tentou.

"Não. Não. É ótimo. Ótimo."

"Então por que não está sorrindo?"

Bill Cosey virou-se para olhar para Sandler. Seus olhos, embora brilhantes por causa da bebida, irradiavam dor como um espelho quebrado. "O que falam de mim?", perguntou, bebendo na garrafa.

"Quem?"

"Vocês todos. Você sabe. Pelas minhas costas."

"O senhor é um homem muito respeitado, Mr. Cosey."

Cosey deu um suspiro, como se a resposta o decepcionasse. "Me ferro quando faço, me ferro quando não faço", disse. Depois, numa súbita mudança de assunto de que gostam as crianças e os que enchem a cara: "Meu filho Billy tinha a sua idade. Quando morreu, quero dizer".

"É mesmo?"

"Tivemos bons momentos. Bons momentos. Mais como dois amigos que como pai e filho. Quando perdi meu filho... foi como se alguém tivesse esticado a mão do túmulo e agarrado ele por maldade."

"Alguém?"

"Quer dizer, alguma coisa."

"Como ele morreu?"

"Uma coisa danada. Pneumonia galopante, eles chamam. Sem sintomas. Uma, duas tosses e a luz se apaga." Olhou zangado para a água, como se o mistério estivesse flutuando ali. "Eu perdi a cabeça durante algum tempo. Levou um tempão para me recuperar."

"Mas conseguiu. Superar."

"Consegui", respondeu ele, sorrindo. "Uma mulher bonita apareceu e as nuvens simplesmente se abriram."

"Está vendo? E o senhor reclamando."

"Tem razão. Mesmo assim, eu ficava tanto em cima dele que nunca me dei ao trabalho de saber quem ele era. Pensava por que ele tinha escolhido uma mulher como May para se casar. Talvez fosse outra pessoa e eu fiz dele a minha... sombra. E agora estou pensando que não entendo ninguém. Então por que alguém há de me entender?"

"Difícil conhecer as pessoas. Só dá para se orientar é pelo que elas fazem", disse Sandler, pensando: será que ele está tentando dizer que está solitário, que é mal compreendido? Pensando em um filho que morreu faz vinte e tantos anos? Aquele homem, com mais amigos do que o mel tem abelhas, preocupado com a reputação? As mulheres brigando tanto pela atenção dele que daria para pensar que era um pregador. E ele gemendo por causa do peso disso? Sandler concluiu que o uísque havia levado Cosey à fase do choro. Tinha de ser isso, senão estava na companhia de um bobo. Podia engolir pedras quentes com mais facilidade do que escutar as reclamações de um homem rico. Vagamente insultado, Sandler voltou a atenção para a caixa de iscas. Se soubesse esperar, Cosey mudaria para outro assunto. O que fez, depois de cantar alguns refrões de uma música dos Platters.

"Você sabia que todas as leis deste país são feitas para nos passar para trás?"

Sandler levantou os olhos, pensando: de onde saiu isso? Riu. "Não pode ser verdade."

"Ah, mas é, sim."

"Mas e a..." Sandler não conseguiu lembrar de nenhuma lei, a não ser aquela sobre assassinato, e ela não ajudava nesse caso. Todo mundo sabia quem ia para a prisão e quem não ia. Um assassino negro era assassino; um assassino branco era infeliz. Ele tinha certeza de que a maioria das leis era sobre dinheiro, não sobre cor, e disse isso.

Cosey respondeu com uma lenta piscada. "Pense um pouco", disse ele. "Um negro pode ter crédito nível um-A, uma garantia sólida, e nem no inferno tem esperança de conseguir um empréstimo num banco. Pense um pouco."

Sandler não queria pensar. Seu casamento era recente, sua filha, novinha. Vida era tudo o que ele sabia de nível um-A; Dolly era a esperança de que precisava.

Essa foi para os dois a primeira de muitas expedições de pesca, de confidências. Por fim, Cosey convenceu Sandler a parar de limpar caranguejos na fábrica de conservas. Contando com as gorjetas, ser garçom nas mesas do hotel colocaria mais dinheiro em seu bolso. Sandler experimentou durante alguns meses, mas em 1966, com manifestações em toda grande cidade que se possa mencionar, um chefe da fábrica de conservas lhe ofereceu um emprego de supervisor, esperando que o gesto fosse prevenir qualquer inquietação que pudesse contaminar a força de trabalho toda negra. Funcionou. Cosey se sentiu mais à vontade numa amizade entre ele e um chefe de setor do que com um garçom que trabalhasse para ele. Mas quanto mais Sandler descobria sobre aquele homem, menos o entendia. Por vezes, a compaixão vencia o desapontamento; outras vezes, a antipatia vencia a afeição. Como aquela em que Cosey lhe contou uma história, alguma coisa referente a uma ocasião em que o pai o fizera brincar no quintal de um vizinho para ver quem saía pela porta dos fundos. Toda manhã ele era mandado espionar. Um homem realmente se esgueirou para fora um dia e Cosey contou ao pai. Naquela tarde, ele viu o homem arrastado pela rua atrás de uma carroça de quatro cavalos.

"Ajudou a pegar um ladrão, um assassino?", Sandler perguntou, admirado.

"É."

"Sorte sua."

"Um bando de meninos correndo atrás da carroça, gritando. Um era uma menininha. Mais esfarrapada que Lázaro. Tropeçou na bosta de cavalo e caiu. As pessoas deram risada."

"O que o senhor fez?"

"Nada. Absolutamente nada."

"Era menino."

"É."

Durante a narração, a rápida compaixão de Sandler se transformou em embaraço, quando imaginou se Cosey teria dado risada também. Outras vezes, sentia uma antipatia ativa pelo homem, como naquela em que se recusou a vender terras para os nativos. O pessoal se dividiu responsabilizando a ele ou à mulher por venderem a terra para um incorporador, pela qual receberam em dinheiro do Departamento de Habitação. Com peixe frito, assados, vendas de garagem e pagamento de dízimo, haviam coletado dinheiro suficiente para um depósito. O projeto era de algum tipo de cooperativa: negócios pequenos, Primeiros Fundos, centros culturais para artes e ofícios, aulas de História Negra e autodefesa. De início, Cosey se mostrara favorável, mas demorou tanto para resolver que a decisão ficou para sua viúva. Ela vendeu antes mesmo de a lápide do túmulo dele ser colocada no lugar. Quando Sandler e outros se mudaram para Oceanside, ele ainda tinha opiniões conflitantes sobre Cosey. Conhecê-lo, observá-lo, não tinha tanto a ver com mudar de idéia; era mais como um aprendizado. No começo, achou que Cosey era um homem ligado em dinheiro. Pelo menos as pessoas diziam que era, e, sem dúvida, ele gastava dinheiro como se elas tivessem razão. Porém, depois de um ano, ou quase, dessas expedições de pesca, Sandler começou a ver a riqueza de Cosey não como um martelo brandido por um homem duro, e sim como o brinquedo de um homem sentimental. Os ricos podiam agir como tubarões, mas o que os impulsionava era igual ao apetite para doces de um menino. Anseios infantis que só podiam vicejar no prado de sonhos de menina: adoração, obediência e divertimento em tempo integral. Vida acreditava que era um amigo poderoso e magnânimo que olhava do retrato pendurado atrás do balcão da recepção. Isso porque ela não sabia para o que ele estava olhando.

Sandler subiu a escada do porão. A aposentadoria prematura à qual fora forçado parecera uma boa idéia na época. Andar pelas alamedas à meia-noite repousava a mente sem ralentá-la. Agora imaginava se não haveria algum dano cerebral com que não contava, uma vez que estava ficando cada vez mais obcecado com o passado, e não com o momento em que se encontrava. Quando entrou na cozinha, Vida estava dobrando roupas e cantando junto com o rádio uma música meio blues, meio country. Pensando, talvez, naqueles olhos de espelho quebrado mais que nos olhos da pintura, ele agarrou os ombros dela, virou-a e segurou firme enquanto dançavam.

Talvez as lágrimas de mulherzinha dele fossem pior do que a razão por que as derramava. Talvez fossem uma fraqueza que os outros reconheciam e apontavam mesmo antes de ele pirar. Antes mesmo de sentir o peito derretido, inundado, ao ver as mãos dela, curvadas e pendentes do cordão de sapato branco como neve que as prendia. Podiam ser luvas mal presas num varal, penduradas ali por alguma vagabunda que não se importava com o que os vizinhos diriam. E o esmalte cor de cereja nas unhas roídas até a carne davam às mãozinhas que pareciam luvas um ar feminino e fizeram Romen pensar que ela era a vagabunda — a que não dava nenhuma atenção ao que as pessoas podiam pensar.

Ele era o próximo da fila. E estava pronto, sim, apesar das mãozinhas e apesar do miado que havia na garganta dela. Estava junto à cabeceira sacudida pelo zurrar de Theo e sua cabeça indo e vindo acima do rosto da menina, virado para a parede e escondido debaixo do cabelo desmanchado ao se debater. Fivela do cinto aberta, pronto na expectativa, estava a um passo de se transformar no Romen que sempre achou que fosse: duro, perigoso, solto. Último de um grupo de sete. Três haviam saído assim que terminaram — batendo na mão dos outros ao sair do quarto e ir para onde a festa rolava. Freddie e Jamal sentaramse no chão, cansados, mas observando enquanto Theo, que havia sido o primeiro, repetia a dose. Dessa vez mais devagar, seus rinchos o único som porque a menina não estava mais miando. Quando ele terminou, o quarto estava com cheiro de vegetais, de uvas podres e de barro molhado. Só o silêncio era fresco.

Romen deu um passo à frente para tomar o lugar de Theo e ficou olhando perplexo enquanto suas mãos se moviam para a cabeceira. O nó que prendia o pulso direito dela se desmanchou assim que ele o tocou e a mão dela caiu ao lado da cama. Ela não a usou para nada — nem para bater, nem para arranhar, nem para afastar o cabelo. Romen desamarrou a outra mão ainda presa aos cordões Pro Ked. Depois envolveu-a na colcha em que estava deitada e fez com que se sentasse. Pegou seus sapatos de saltos altos, um X de couro rosado na frente — não serviam para nada além de dançar e se exibir. Ouviu a risada de apupo — isso foi o que veio primeiro —, depois as piadas e, por fim, a raiva, mas levou-a dali pelo meio da multidão que dançava, até a varanda. Tremendo, ela ia agarrada aos sapatos que ele lhe entregou. Os dois podiam ter estado bêbados antes, mas não estavam mais. Um vento frio tirou-lhes a respiração.

Ele achava que o nome dela era Faye ou Faith e estava a ponto de lhe dizer alguma coisa quando, de repente, não conseguiu mais olhar para ela. Se ela agradecesse, ele a estrangulava. Felizmente, ela não disse nem uma palavra. Os olhos muito abertos, congelados, ela calçou os sapatos e endireitou a saia. Os casacos de ambos, a jaqueta de couro nova dele e o que quer que ela estivesse usando, ficaram dentro da casa.

A porta se abriu; duas garotas saíram correndo, uma trazendo um casaco, a outra com uma bolsa na mão.

"Pretty-Fay! O que aconteceu?"

Romen virou-se para ir embora.

"O que aconteceu com você, menina? Ei, você! Fez alguma coisa com ela?"

Romen continuou andando.

"Volte aqui! Ele mexeu com você? Bom, quem então? Quem? Olhe o seu cabelo! Aqui, ponha o casaco. Pretty-Fay! Diga alguma coisa, menina!"

Ele ouviu os gritos delas, a preocupação, como toques de címbalo, frisando, mas não competindo com o toque de trombeta do que Theo o havia chamado: o pior nome que existia; a palavra única cuja reverberação, uma vez pronunciada, só um disparo de arma poderia eliminar. Caso contrário, não teria fim — nunca.

Durante os últimos três dias ele havia sido uma piada. A amizade conquistada com facilidade — agora com quatro meses de idade — perdida. Sustentar o olhar de qualquer um dos outros seis, a não ser Freddie, era uma ousadia, uma provocação, e, mesmo quando não olhava diretamente para eles nem enfrentava seus olhares, a trombeta proferia seu nome. Reuniam-se sem ele na cerca de ligação; saíam da barraca do Patty's Burger quando ele se sentava. Mesmo as meninas mais namoradeiras pareciam sentir quanto ele era indesejável, como se de repente suas roupas fossem cafonas: camiseta branca demais, calça passada demais; tênis amarrados do jeito errado.

No primeiro dia depois da festa, ninguém o recusou na quadra, mas ele não recebeu nenhum passe, e quando interceptava tinha de tentar enterrar fosse qual fosse sua posição, porque não havia ninguém para receber a bola. Baixavam as mãos e olhavam para ele. Se pegava um rebote, alguém cometia uma falta nele e a trombeta cuspia antes que ele conseguisse ver quem havia soprado. Por fim, simplesmente lhe davam uma rasteira e saíam da quadra. Romen ficava lá sentado, ofegante, louco para brigar, mas sabendo que, se reagisse às faltas, à rasteira, ao escarro da trombeta, seria o mesmo que defender a menina de novo. Alguém que não conhecia e que não queria defender. Se reagisse, estaria lutando não por si mesmo, mas por ela, Pretty-Fay; comprovando a ligação entre eles — a ligação errada. Como se ele *e* ela tivessem estado amarrados na cama; as pernas dele *e* as dela abertas a força.

Lucas Breen, um dos meninos brancos cuja capacidade de encestar era invejada, driblava e lançava sozinho no extremo da quadra. Romen levantou-se e começou a se encaminhar para ele, mas entendeu a tempo que havia outra palavra no repertório da trombeta. Passou por Lucas com um olhar e murmurou: "Oi".

O segundo dia foi horrível, mais solitário. Freddie lhe trouxe a jaqueta que havia esquecido e disse: "Oi, cara. Desencana", mas não ficou com ele para dizer mais nada. Quando viu as amigas de Pretty-Fay, as duas que haviam corrido para ela com o casaco e a bolsa, acenando para ele da janela do ônibus escolar, passou a pegar o ônibus de linha. Preferiu prontamente o inconveniente de andar três quilômetros na ida e na volta até o ponto para evitar a possibilidade de encontrar a própria Pretty-Fay. Não encontrou nunca. Ninguém encontrou.

No terceiro dia, bateram nele. Os seis, inclusive Freddie. E de um jeito esperto. Bateram nele em todo lugar menos no rosto, para o caso de ele ser também um delator, pronto a explicar uma boca rachada ou um olho inchado; fresco ao ponto de apontar um dedo fraco para eles quando questionado. Os seis. Romen lutou bem; fez um ou dois galos, deu uma boa joelhada numa virilha, rasgou uma camisa, até torcerem as mãos dele para trás das costas e tentarem quebrar suas costelas e esvaziar seu estômago ao mesmo tempo. Esse último lance estava começando a acontecer quando um carro apareceu e tocou a buzina. Todo mundo saiu correndo, inclusive Romen, que, cambaleante, segurava o estômago, com mais medo de ser socorrido do que de desmaiar com vômito no jeans. Vomitou atrás de uma árvore de mimosa no bosque dos fundos do Patty's. Ao ver a comida de sua avó na grama, começou a pensar se algum dia conseguiria recuperar seu corpo de novo. Não questionava o desprezo de Theo, nem a aversão de Freddie; partilhava as sensações de ambos e não conseguia entender o que o havia feito amolecer naquele momento — seu coração explodir como uma bomba por uma criatura ferida que segundos antes era um banquete que estava ansioso para devorar. Se a encontrasse na rua, sua reação teria sido a mesma, mas na companhia da turma e como parte da turma que a havia colocado lá — merda! O que era aquilo que o havia levado a desamarrá-la, a cobri-la, nossa! Proteger a garota! Cobri-la! Fazer ela se levantar e tirá-la de lá? As mãozinhas como luvas? Os traseiros masculinos nus se convulsionando um depois do outro depois do outro depois do outro? O cheiro de vegetais misturado com o ritmo batendo forte e grave do outro lado da porta? Quando passou o braço em volta dela e a tirou dali, ainda tinha uma ereção, que só baixou quando saíram juntos para o frio. O que o levara a fazer isso? Ou melhor, quem?

Mas ele sabia quem. Era o verdadeiro Romen que havia sabotado o recém-cinzelado e perigoso. O Romen falso, se gabando em cima da cama de um estranho, foi enganado pelo Romen real, que ainda estava no comando ali na cama dele mesmo, forçando-o a se esconder debaixo do travesseiro e derramar lágrimas de menina. A trombeta repetindo em sua cabeça.

3. ESTRANHO

O Assentamento fica num planeta distante da rua Monarch, 1. Um pequeno aglomerado, uma pequena expansão, que reclamou a encosta de uma montanha e o vale abaixo desde a Primeira Guerra Mundial. Ninguém usa o seu nome — nem o correio, nem o Birô de Recenseamento. A Cavalaria Estadual o conhece bem, porém, e umas poucas pessoas que costumavam trabalhar no velho Escritório de Assistência ouviram falar dele, mas os empregados novos do Escritório de Bem-Estar do Condado nunca ouviram. De quando em quando, professores do Distrito Dez tinham alunos que vinham de lá, mas eles não usam a palavra "assentamento". "Rurais", assim são rotuladas essas estranhas crianças impossíveis de se ensinar. Embora enfurecessem os estudantes comuns de famílias decentes de fazendeiros, os orientadores educacionais tinham de escolher algum termo socialmente benigno para identificar essas crianças sem entrar em choque com seus pais, que podiam ficar sabendo. O termo mostrou-se satisfatório, embora nenhum pai do Assentamento jamais tenha aparecido para solicitar, permitir, observar, consultar ou reclamar. Recados e formulários entregues nas mãos nunca ensaboadas de seus filhos não eram devolvidos nem respondidos. Os rurais sentavam-se na classe durante alguns meses, usando juntos os livros, pegando emprestados lápis e papel, mas decididamente silenciosos, como se estivessem ali para testar a educação, não para adquiri-la; para testemunhar a informação, não para fornecê-la. Eram quietos e reservados na classe, em parte por escolha, em parte porque eram cuidadosamente evitados por seus pares. Os rurais eram conhecidos como brigões súbitos — implacáveis e violentos. Era de conhecimento geral que, em algum momento no final dos anos 50, um diretor conseguiu localizar, depois visitar, a casa de um rural chamado Otis Rick. Otis havia deslocado o olho de uma criança no playground e não havia entendido nem obedecido o aviso de expulsão enfiado no bolso de sua camisa. Continuou voltando todos os dias, o sangue ressecado da vítima ainda nas mangas. Não se sabe muito dessa visita oficial para exigir a ausência permanente de Otis — a não ser um vívido detalhe. Quando o diretor saiu da propriedade dos Rick, teve de cobrir toda a extensão do vale a pé porque não lhe deram nem tempo nem chance de voltar para seu carro. O DeSoto foi rebocado para a cidade pela Cavalaria Estadual, porque nada conseguia fazer seu dono voltar lá para recuperá-lo.

Pessoas muito velhas, que eram jovens durante a Grande Depressão e que ainda chamam aquela parte do país de "o Assentamento", podiam descrever a história de seus habitantes, se alguém pedisse. Mas como a opinião deles nunca é procurada, a gente do Assentamento está bem a seu gosto: subdesenvolvidos e injuriados, são também tolerados, deixados em paz e temidos. Bem como era em 1912, quando o moinho de juta foi abandonado e os que podiam ir embora foram embora e os que não podiam (os negros porque não tinham esperança, os brancos porque não tinham perspectivas) foram se acomodando, se casando uns com os outros, mais ou menos, e resolvendo como sobreviver no dia-a-dia. Construíam as próprias casas com as sobras dos outros, ou ampliavam as cabines de trabalhadores abandonadas pela companhia de juta: um barracãozinho aqui, um quarto ali, somando-as ao aglomerado de cabaninhas de dois cômodos e um fogão que oscilava na encosta ou repousava no vale. Usavam água do riacho e da chuva, bebiam leite de vaca ou fermentados em casa; comiam caça, ovos, plantas domésticas, e, se arrumavam trabalho num campo ou numa cozinha, gastavam seus ganhos em açúcar, sal, óleo de cozinha, refrigerante gaseificado, flocos de milho, farinha, feijão seco e arroz. Se não tinham ganhos, eles roubavam.

Ao contrário da tranqüilidade de seu nome, o Assentamento se inchava de lealdade e licenciosidade, e o único crime era ir embora. Uma dessas traições foi cometida por uma garota de artelhos fundidos chamada Junior. A mãe dela, Vivian, queria lhe dar um nome de imediato. Três dias haviam se passado desde o parto difícil e ela não conseguia ficar acordada tempo suficiente para tomar uma decisão — durante esse tempo o pai da menina chamou a recém-nascida de "Junior", fosse por causa de si mesmo — Ethan Payne Jr. — ou por seu sonho, pois, embora Vivian já tivesse quatro meninos, nenhum deles era filho de Ethan. Vivian acabou escolhendo um nome para o bebê e pode até tê-lo usado uma ou duas vezes depois que Ethan voltou para a casa do pai. Mas "Junior" pegou. Não precisou de mais nada até a criança entrar no Distrito Dez e solicitarem o sobrenome dela. "Junior Vivian", ela murmurou, e quando a professora escondeu o sorriso com a mão, a menina coçou o cotovelo, entendendo de repente que podia ter dito "June".

As meninas do Assentamento eram desencorajadas a freqüentar a escola, mas todos os tios, primos homens e meio-irmãos de Junior haviam passado algum tempo no Distrito Dez. Ao contrário de todos eles, ela raramente cabulava aula. Em casa, sem ninguém no comando, ela se sentia como um dos cachorros do Assentamento. Eram uns cinqüenta, ou mantidos em correntes curtas ou vagando em liberdade. Entre brigas e refeições, dormiam amarrados a árvores ou enrolados junto a uma porta. Abandonados à própria sorte, cães de caça cruzavam com pastores, collies com labradores. Em 1975, quando Junior nasceu, constituíam uma raça estranha, original, surpreendentemente bonita, imediatamente reconhecível pelos entendidos como cães do Assentamento — bons para manter longe os forasteiros, mas excelentes mesmo na caça.

Durante anos, sentindo falta do pai, Junior implorava incessantemente para visitá-lo.

"Quer ficar quieta?", era tudo o que Vivian dizia, até que um dia respondeu. "Exército. Foi isso que disseram."

"Quando ele volta?"

"Ah, ele não era nada, meu bem. Nada mesmo. Vá brincar agora."

Ela ia, mas continuava procurando o homem alto, bonito, que tinha lhe dado o seu nome para demonstrar o que sentia por ela. Só tinha de esperar.

Por fim, cansada dos cachorros e de sua mãe, mais rápida e mais astuta que seus irmãos, temerosa dos tios e entediada com as esposas deles, Junior gostou de ir para o Distrito Dez, primeiro para escapar do Assentamento, depois por ela própria. Foi a primeira rural a se manifestar e a tentar fazer a lição de casa. As meninas da classe a evitavam e as poucas que tentaram semear as sementes da amizade logo foram forçadas a escolher entre a rural desarrumada com um único vestido e as habilidosas vinganças que as meninas sabem exercitar. Junior perdia sempre, mas se comportava como se a rejeição fosse a sua vitória, sorrindo ao ver a amiga de um único recreio voltar a se fechar em sua concha. Foi um menino que conseguiu fazer amizade com ela. Os professores achavam que era porque ele dava Yodels e Sno Balls de sua lancheira para ela, uma vez que o almoço de Junior podia ser uma única maçã ou um sanduíche de maionese enfiado no suéter de mulher que ela usava. Os alunos, porém, achavam que ele estava fazendo coisa feia com ela em algum buraco depois da escola — e disseram isso a ele. Mas era um menino orgulhoso, filho do gerente de uma engarrafadora, que podia contratar e despedir os pais deles — e que lhes disse isso.

Seu nome era Peter Paul Fortas, e, depois de viver onze anos sendo chamado de Pi Pi, havia se tornado insolente e imune à opinião alheia. Peter Paul e Junior não estavam interessados um no corpo do outro. Junior queria saber sobre tonéis de xarope de Coca-Cola e máquinas de colocar tampinhas. Peter Paul queria saber se era verdade que havia ursos marrons na montanha e se eram os bezerros ou o cheiro do leite que atraíam cobras. Trocavam informações como palpiteiros de corrida de cavalos, pulando a biografia para chegar ao coração do jogo. Um dia, contudo, ele perguntou se ela era de cor. Junior disse que não sabia, mas que ia descobrir para ele. Ele disse que não tinha importância, mas que não podia mesmo convidar gentios para sua casa. Não queria ferir os sentimentos dela. Ela fez que sim com a cabeça, satisfeita com a palavra séria, bonita que ele havia usado para ela.

Ele roubava por ela: uma caneta esferográfica, um par de meias, um pente amarelo para o cabelo dela que era penteado com os dedos. Quando, no Natal, ela deu a ele um filhote de cobra venenosa enrolado dentro de uma garrafa e ele deu a ela uma caixa grande de creions, era difícil dizer qual dos dois ficou mais contente.

Mas uma cobra era uma cobra, afinal, e entregou os dois.

Alguns tios de Junior, adolescentes preguiçosos cujas cabeças haviam sido insultadas pelo vazio de suas vidas, alternavam entre a brutalidade e o coma. Eles não acreditaram que a cobra engarrafada era para um trabalho da escola, como Junior havia dito quando questionada. "Que que 'cê tá aprontando, menina?" Ou, se acreditaram, o ato era-lhes profundamente ofensivo. Alguma coisa pertencente ao Assentamento estava sendo transferida para o local de um fracasso tão pesado que nem tinha sido registrado por eles como fracasso nenhum — apenas como o triunfo da luz natural sobre a escuridão institucional. Ou talvez fosse tarde demais para fingir-se de morto, ou um deles não repartira sua cerveja. Fosse qual fosse a razão, os tios estavam bem acordados na manhã seguinte ao Natal e às farras.

Junior estava dormindo, a cabeça em cima de um travesseiro "Jesus Salva" manchado, enrolada em um cobertor que servia também de colchão. O travesseiro, presente de Natal da esposa de um tio que o conseguira na lata de lixo de seu então empregador, estimulava sonhos. Os creions, apertados no peito, os coloriam. Tão colorido era seu sono que um tio teve de tocar-lhe o traseiro mais de uma vez com a bota para conseguir acordá-la. Novamente a interrogaram sobre a cobra. Os sonhos coloridos a creiom foram escoando devagar enquanto Junior tentava entender o que queriam, já que com eles não adiantava procurar a razão de nada. Eles próprios não sabiam por que colocavam fogo no banco de um carro em vez de removê-lo. Ou por que a cobra era importante. Queriam o bicho devolvido a sua devida morada.

Entre as ameaças que fizeram se ela não a devolvesse estavam "quebrar o teu lindo rabinho" e "te entregar para o Vosh". Esta última ela ouvira muitas vezes antes, e a possibilidade de que viesse a acontecer, de que ela pudesse ser entregue ao velho do vale que gostava de andar por aí com as partes pudendas na mão, cantando hinos de louvor, a fez levantar do chão de um salto, escapando das mãos que a prendiam, e correr porta afora. Os tios foram atrás dela, mas ela era rápida. Cães acorrentados rosnaram; cães soltos aderiram. Descendo o caminho, ela viu Vivian voltando da privada.

"Mãe!", gritou.

"Deixem a menina em paz, seus gambás danados!", Vivian berrou. Deu alguns passos correndo antes que a fadiga encerrasse uma tentativa inútil de atirar pedras nas costas dos irmãos mais novos. "Deixem ela em paz! Voltem aqui, seus bandidos! Melhor me obedecer!"

Urgentes, de coração, mesmo que não otimistas, as palavras foram um conforto para a menina que corria. Descalça, apertando uma caixa grande de creions, Junior se evadiu, se escondeu e conseguiu escapar dos tios uivantes. Viu-se em uma espécie de floresta que daria água na boca de lenhadores. Pecãs de um tamanho que não se via desde os anos 20. Bordos que precisavam de seis ou sete para abraçar. Alfarrobeira, nogueira branca, cedro-branco, freixo. Árvores saudáveis misturadas com árvores doentes. Enormes couves-flores negras de doença crescendo em algumas. Outras pareciam saudáveis até que um vento, leve e brincalhão, despenteava sua coroa. Elas então estalavam e caíam como vítimas de coronárias, seiva de ouro e cobre jorrando da fratura.

Correndo, depois parando, Junior chegou a uma ensolarada touceira de bambu estrangulada por uma videira silvestre. O uivo havia parado. Ela esperou, depois trepou em uma macieira para esquadrinhar a montanha e o que conseguia ver do vale. Nenhum tio à vista. Só o repartido de árvores por onde corria o regato. E além disso a estrada.

O sol estava alto quando chegou à beira da estrada. Não lhe importavam nada os cortes na carne e os gravetos emaranhados no cabelo, mas lamentava os sete creions quebrados na fuga antes que pudesse ter usado um só que fosse. Vivian não podia protegê-la do Vosh ou dos tios, então Junior resolveu encontrar a casa de Peter Paul, esperar por ele nas redondezas e — o quê? Bem, ele haveria de ajudá-la de algum jeito. Mas não podia nunca, jamais, pedir que devolvesse o filhote de cobra.

Saiu para a estrada e não havia avançado nem vinte metros quando um caminhão cheio de tios veio com estrépito atrás dela. Ela saltou para a esquerda, claro, em vez de para a direita, mas eles tinham previsto isso. Quando o pára-lama dianteiro a jogou de lado, o pneu de trás esmagou os dedos de seus pés.

Uma corrida sacolejante na carroceria do caminhão, um lugar no catre de Vivian, uísque em sua boca, cânfora no nariz — nada a despertou até a dor triturar no limite do insuportável. Junior abriu os olhos para a febre e para uma dor tão atordoante que ela não conseguia encher os pulmões. A respiração ia e vinha aos bocadinhos. Dia após dia ali ficou, primeiro incapaz, depois se recusando a chorar ou falar com Vivian, que lhe dizia quanto devia ser grata de os tios a terem encontrado caída à beira da estrada, sua filhinha Junior atingida por um carro dirigido, sem dúvida, por algum filho-da-mãe da cidade, importante demais para parar depois de ter atropelado uma menininha, para ver se estava viva e pelo menos lhe dar uma carona.

Em silêncio, Junior viu os dedos de seus pés incharem, avermelharem, ficarem azuis, depois pretos, depois marmorizados, depois se fundirem. Os creions estavam perdidos e a mão que antes os segurava agora apertava uma faca pronta para o Vosh ou para um tio ou para qualquer um que a impedisse de cometer a versão Assentamento de crime: ir embora, libertar-se. Livrar-se de gente que a perseguia, passava por cima de seu pé, mentia a respeito, dizia que ela tinha tido sorte, e que preferia a companhia de uma cobra à de uma menina. Em um ano, tinha ido embora. Mais dois e estava alimentada, banhada, vestida, educável e prosperando. Atrás das grades.

Junior tinha onze anos quando fugiu e vagou durante semanas sem ninguém prestar atenção. Então, de repente, foi notada ao roubar um boneco dos Comandos em Ação numa loja "Tudo por um Dólar", levada em custódia quando se recusou a devolver, transferida para um abrigo quando mordeu a mulher que arrancou dela a boneca, remanejada para a Correcional quando se recusou a fornecer qualquer informação além do primeiro nome. "Junior Smith" escreveram, e "Junior Smith" ela permaneceu até o Estado soltá-la e ela recuperar seu verdadeiro nome acrescentando um *e* para dar estilo.

Parte de sua educação na Correcional foi acadêmica; a maior parte não. Ambos os tipos afiaram a esperteza necessária para lhe garantir um lugar na grande e luxuosa casa da rua Monarch, onde não havia nenhuma mulher de uniforme de sentinela na meia-luz de um corredor, nem abrindo portas a qualquer hora para conferir; nem o zumbir do sono de corpos próximos bombava o ar. Aquele era o lugar certo e lá estava ele, informando de todas as formas que estivera o tempo todo esperando por ela. Assim que viu o retrato do estranho, ela entendeu que estava em casa. Sonhara com ele na primeira noite, montada em seus ombros num pomar de maçãs verdes grandes e pesadas nos ramos.

Na manhã seguinte, no café-da-manhã — *grapefruit*, ovos mexidos, mingau de aveia, torrada, bacon —, Christine estava menos hostil, mas ainda reservada. Junior tentou diverti-la caçoando de Heed. A disposição do terreno, por assim dizer, ainda não estava inteiramente clara e ela não sabia por onde seguir. Foi quando terminou de comer e voltou para o quarto de Heed que teve certeza. Era um presente, sem nenhuma dúvida.

Estranha na roupa vermelha de Heed, Junior ficara à janela

e olhara de novo o menino lá embaixo, enquanto Heed remexia uma mala que tirara de debaixo da cama. Antes, ela havia visto Christine descer depressa até a entrada e deixar o menino segurando um balde e tremendo no quintal. Agora, ela o viu limpar o nariz nas costas da mão, depois esfregar os resíduos no jeans. Junior sorriu. E ainda estava sorrindo quando Heed a chamou.

"Aqui está! Encontrei!" Estava segurando uma fotografia em uma moldura de prata. "Deixo as coisas de valor trancadas em um lugar ou outro e às vezes esqueço onde."

Junior saiu de perto da janela, ajoelhou-se ao lado da mala e olhou a fotografia. Um casamento. Cinco pessoas. E ele, o noivo, virado para a direita, olhando uma mulher que, segurando uma única rosa, focava um sorriso congelado na câmera.

"Ela parece com a mulher lá de baixo, Christine", disse Junior, apontando.

"Bom, não é", disse Heed.

A mulher com a rosa segurava o braço dele e, embora ele estivesse olhando para ela, seu outro braço estava em volta do ombro nu de sua minúscula noiva. Heed estava afogada pelo vestido de noiva grande demais pendendo dos ombros, o buquê de flores de laranjeira pendurado em sua mão. À esquerda de Heed, um homem bonito de aparência escorregadia, sorrindo para a esquerda *dele* para uma mulher cujas mãos juntas enfatizavam mais que a ausência de um buquê.

"Eu não estou muito diferente, não é?", perguntou Heed.

"Por que seu marido está olhando para ela e não para a senhora?"

"Tentando alegrar ela, acho. Ele era assim."

"Era sua dama de honra?", Junior perguntou, apontando a mulher de punho fechado. "Ela também não parece muito contente."

"Não estava. Não dá para dizer que foi um casamento feliz. Bill Cosey era muito bom partido, sabe. Tinha uma porção de mulheres que queria estar no meu lugar."

Junior examinou a foto de novo. "Quem é esse outro cara?"

"Nosso padrinho. Um músico muito famoso naquela época. Você é muito moça para saber quem é."

"É sobre essa gente que a senhora está escrevendo?"

"É. Bom, alguns. Principalmente papá — meu marido —, os parentes dele, o pai. Você nem acredita como eles eram orgulhosos, que classe. Mesmo no tempo da escravidão..."

Havia mais de uma razão para Junior parar de escutar. Uma era que desconfiava que Heed não queria escrever um livro; queria conversar, mas por que tinha de pagar alguém para conversar era coisa que Junior ainda ia ter de entender. A outra era o menino tremendo lá fora. Dava para ouvir a pá raspando de leve, removendo lama de neve, quebrando gelo.

"Ele mora por aqui?"

"Quem?"

"O menino aí fora."

"Ah, é o menino do Sandler. Ele faz uns serviços, cuida do quintal. Bom menino."

"Como é o nome dele?"

"Romen. O avô dele era amigo do meu marido. Os dois pescavam juntos. Papá tinha dois barcos, sabe. Um com o nome da primeira esposa e um com o meu nome..."

Dezesseis anos, talvez mais. Bonito pescoço.

"... ele levava gente importante para pescar em alto-mar. O xerife, chefe Silk, as pessoas o chamavam. Era o melhor amigo de papá. E cantores famosos, chefes de orquestra. Mas levava o Sandler também, apesar de ele ser só um homem da cidade que trabalhava na fábrica de conservas como quase todo mundo naquela época. Mas papá se misturava com todo tipo..."

Ele não vai gostar desta roupa de velha que eu vesti.

“As pessoas adoravam ele e ele era bom com todo mundo. Claro, no testamento ele deixou quase tudo para mim, se bem que, na cabeça de algumas pessoas, uma esposa não devia receber nada...”

Como os rapazes do Campus A jogando basquete e olhando a gente pela cerca de arame, provocando eles. Eles olhando para a gente, prometendo para a gente.

“Eu tive sorte, sei disso. Minha mãe era contra, no começo. A idade de papá e tudo. Mas meu pai conhecia um romance de verdade só de olhar. E veja só no que deu. Quase trinta anos de felicidade perfeita...”

Os guardas ficavam com inveja. Davam bronca neles porque a gente continuava olhando, assanhadas, feito fãs, olhando aquele suor crescer.

“Nenhum de nós olhava para mais ninguém. Mas não era fácil tocar o hotel. Tudo nas minhas costas. Sem ninguém para ajudar. Ninguém...”

Dezesseis pelo menos, talvez mais. Joga basquete também. Dá para perceber.

“Está me ouvindo? Estou dando informações importantes. Você devia estar escrevendo tudo isso.”

“Eu me lembro.”

Meia hora depois, Junior tinha trocado a roupa pelo blusão de couro. Quando Romen a viu subindo pela entrada, pensou o que seu avô devia ter pensado e sorriu sem querer.

Junior gostou daquilo. Então, de repente, igual aos rapazes do Campus A, ele se virou arrastando os pés — indiferente, pronto para ser recusado, pronto para atacar. Junior não lhe deu tempo de resolver essa questão.

“Não me diga que está comendo essas velhas também.”

Também.

O embaraço de Romen entrou em choque com uma onda

de orgulho. Ela achou que ele era capaz disso. De ter conquistado tantas vezes que podia escolher qualquer mulher — e em duplas, Theo, em duplas.

"Elas disseram isso?"

"Não. Mas garanto que pensam nisso."

"Você é parente delas?"

"De jeito nenhum. Trabalho aqui agora."

"Fazendo o quê?"

"Uma coisa ou outra."

"Que tipo de coisa? Que tipo de outra?"

Junior circundou seu presente. Olhou a pá nas mãos dele. Depois a virilha, depois o rosto. "Tem quartos aí em que elas nunca entram. Com sofá e tudo."

"É?"

Gente jovem, nossa. Ainda chamam de paixão? Aquele machado mágico que corta fora o mundo com um golpe só e deixa o casal ali, tremendo. Chamem como chamarem, passa por cima de qualquer coisa, pega a cadeira maior, a fatia maior, domina por onde passa, de mansão a brejo, e o seu egoísmo é a sua beleza. Antes de eu estar reduzida a cantarolar, via tudo quanto é tipo de acasalamento. A maioria durava duas noites querendo durar uma estação. Alguns, os da contracorrente, querem ser donos do nome de verdade, mesmo quando todo mundo morre afogado por causa dele. Gente sem imaginação alimenta isso aí com sexo — o palhaço do amor. Não sabem das coisas, das coisas de verdade, das coisas melhores, quando se reduz a perda e todo mundo sai ganhando. Precisa ser meio inteligente para amar desse jeito — de mansinho, sem muleta. Mas o mundo é um tamanho teatro que vai ver por isso é que as pessoas tentam superar, colocar tudo o que sentem no palco só para provar que conseguem in-

ventar coisas: coisas bonitas de arrepiar os cabelos como brigar até a morte, adultério, botar fogo nos lençóis. Elas se dão mal, claro. O mundo ganha delas toda vez. Enquanto elas estão ocupadas se exibindo, cavando a sepultura dos outros, se pendurando numa cruz, correndo feito loucas pela rua, as cerejas estão bem sossegadas passando de verde para vermelho, as ostras sofrendo com as pérolas e as crianças tentando pegar a chuva com a boca, achando que os pingos são frios, mas não são; são quentes e têm cheiro de abacaxi antes de ficarem cada vez mais pesados, tão pesados e rápidos que não dá para pegar um de cada vez. Os maus nadadores vão para a praia enquanto os fortes ficam esperando as veias prateadas dos raios. Nuvens verde-garrafa avançam, empurrando a chuva para a terra, onde as palmeiras fingem que estão chocadas com o vento. Mulheres saem correndo protegendo o cabelo e homens se abaixam, apertando os ombros das mulheres contra o peito. Eu corro também, afinal. Digo afinal porque eu gosto mesmo de uma boa tempestade. Eu podia ser uma daquelas pessoas do canal do tempo curvadas no vento enquanto os homens da lei berram nos megafones: "Procurem abrigo!".

Talvez por eu ter nascido com tempo ruim. Uma manhã que os pescadores e os papagaios silvestres sabiam logo de cara que ia ser ruim. Minha mãe, mole feito um trapo, esperando o bebê que já tinha passado do prazo, disse que de repente espertou e resolveu ir pendurar a roupa lavada. Só depois é que ela entendeu que estava bêbada com o oxigênio puro soprado pelo temporal. Na metade do cesto de roupa, ela viu o dia ficar preto e eu comecei a sair. Ela chamou meu pai e os dois me fizeram nascer debaixo da chuvarada. Pode-se dizer que sair direto da água do ventre para a água da chuva me marcou. Acho que vale a pena observar que a primeira vez que eu vi Mr. Cosey ele estava parado no mar, carregando Julia, a mulher dele, nos braços. Eu tinha cinco anos; ele tinha vinte e quatro e eu nunca tinha visto uma coisa daquelas. Os olhos dela estavam fechados, a cabeça balançando; a roupa de banho azul-clara inchando e achatando conforme as ondas e a força dele. Ela levantou um braço, tocou o ombro dele. Ele a virou para o peito e a carregou para a praia. Na hora, eu acreditei que foi o sol que encheu meus olhos de lágrimas — não a visão de toda aquela ternura saindo do mar. Nove anos depois, quando fiquei sabendo que ele estava precisando de doméstica, fui correndo bater na porta dele.

A placa lá fora diz "Maceo's Cafe...ria", mas o restaurante na verdade é meu. Em ato mesmo que não de fato. Eu cozinhava para Bill Cosey fazia quase cinqüenta anos quando ele morreu e as flores do enterro dele ainda estavam frescas quando virei as costas para as mulheres dele. Fiz tudo o que eu podia por elas; era hora de sair. Para não morrer de fome, pegava roupa para lavar. Mas os fregueses entrando e saindo da minha casa perturbavam muito, então acabei cedendo aos pedidos de Maceo. Ele tinha uma certa fama por causa do peixe frito (preto feito carvão, crocante por fora, macio e desmanchando por dentro), mas os acompanhamentos eram sempre uma decepção. O que eu faço com quiabo, com batata-doce, arroz com pimentão e quase tudo era para envergonhar essa geração de noivas delivery *se elas tivessem alguma vergonha — que não têm. Houve tempo em que toda casa tinha uma cozinheira séria; alguém que torrava o pão na chama do forno e não numa caixa de alumínio; alguém que batia o ar para dentro da massa com uma colher em vez de com uma máquina, que sabia o segredo do pão de canela. Agora, bom, acabou tudo. As pessoas esperam o Natal ou o dia de Ação de Graças para mostrar respeito pela cozinha. Caso contrário, vêm para o Maceo's Café Ria e rezam para eu não ter caído morta em cima do fogão. Eu antes vinha a pé para o trabalho, até que meus pés co-*

meçaram a inchar e tive de pedir demissão. Umas semanas de televisão durante o dia e saúde ruim e Maceo bateu na minha porta, dizendo que não agüentava mais as mesas vazias. Disse que estava disposto a fazer de carro a ida e a volta entre Up Beach e Silk se eu concordasse em socorrê-lo mais uma vez. Eu disse que não era só a caminhada; era ficar de pé também. Mas ele já tinha resolvido isso. Me arrumou uma cadeira alta com rodinhas, de forma que eu podia rodar do fogão para a pia e para a bancada. Meus pés sararam, mas me acostumei de um tal jeito com o transporte sobre rodas que não larguei mais.

Todo mundo que lembrava meu nome verdadeiro já está morto ou foi-se embora e ninguém pergunta agora. Até as crianças, que têm um mundo de tempo para desperdiçar, me tratam como se eu fosse morta e não perguntam mais de mim. Alguns achavam que era Louise ou Lucille porque tinham se acostumado a me ver pegar o lápis do sacristão e assinar os envelopes do dízimo com um L. Outros ouviam as pessoas falarem de mim ou me chamarem e diziam que era El de Eleanor ou de Elvira. Estão todos errados. Enfim, desistiram. Como desistiram de chamar o Maceo's de Maceo's e de completar as letras que estavam faltando. Café Ria, é assim que é conhecido, e, como um cliente especial mimado com transporte fácil, ainda rodo por ali.

As moças gostam muito do lugar. Em volta do chá gelado com um cravo dentro, elas reúnem as amigas para repetir o que ele *disse, descrever o que* ele *fez e adivinhar o que* ele *estava pretendendo com essas coisas todas. Assim*

Ele ficou três dias sem me telefonar e quando eu telefonei ele queria que a gente se encontrasse naquela hora mesmo. Está vendo? Ele não faria isso se não quisesse ficar com você. Ah, por favor. Quando eu cheguei lá, a gente teve uma longa conversa e pela primeira vez ele ouviu de verdade o que eu disse. Claro que ouviu. Por que não? Ele só precisava era esperar você ficar quieta, para daí botar a língua dele para trabalhar. Achei que ele estava saindo com aquela, como é mesmo o nome dela? Não, eles terminaram. Ele me pediu para mudar para a casa dele. Só assinando o papel primeiro, meu bem. Não quero nenhum outro, só ele. É assim, é? Bom, nada de conta conjunta, viu? Vai querer um peixinho?

Que bobagem. Mas elas animam a hora do almoço e levantam o ânimo dos homens de coração partido que escutam nas mesas em volta.

Nunca tivemos garçonetes no restaurante. A comida fica em cima de bandejas a vapor e depois de fazer o prato você leva até o caixa para o Maceo, a mulher dele ou um dos filhos inúteis darem o preço. Aí podem comer aqui ou levar para casa.

A moça que não usa roupa de baixo — ela se chama Junior — vem sempre. A primeira vez que eu a vi achei que parecia alguém de uma gangue de motocicleta. Botas. Couro. Cabelão. Maceo também não conseguia tirar os olhos dela — teve de servir café para ela duas vezes. A segunda vez foi num domingo, um pouco antes da saída da igreja. Ela andou de ponta a ponta da mesa de vapor olhando as bandejas com aquele tipo de olho que a gente vê naqueles comerciais de "Salve esta criança". Eu estava descansando na pia e soprando uma xícara de caldo antes de molhar o pão. Vi ela andando para lá e para cá como uma pantera ou coisa assim. O cabelão tinha sumido. Estava todo preso em um milhão de trancinhas com uma coisinha brilhante na ponta de cada uma. Estava com as unhas pintadas de azul e o batom era escuro feito amora. Ainda usava aquele blusão de couro e a saia era comprida dessa vez, mas transparente — um nada florido dançando em cima das botas. As vergonhas todas aparecendo em público ao lado de dálias vermelhas e cravos-de-amor.

Um dos meninos levianos do Maceo se encostou na parede enquanto Ms. Junior escolhia. Ele nunca abria a boca para dizer boa tarde, posso ajudar? deseja alguma coisa especial? nem nada dessas coisas que se dizem para receber bem os clientes. Eu fiquei esfriando meu caldo e olhando para ver qual dos dois ia mostrar um comportamento normal primeiro.

Foi ela.

O pedido devia ser para ela e algum amigo, porque Christine voltou para casa uma senhora cozinheira e Heed não comia nada. Enfim, a moça escolheu três acompanhamentos, duas carnes, um pudim de arroz-doce e um bolo de chocolate. O menino do Maceo, Theo, como chamam ele, rindo mais malicioso que sempre, desencostou da parede para preparar as embalagens de isopor. Ele deixou o tomate cozido escorregar pelos compartimentos e colorir a salada de batata, colocou o grelhado em cima da galinha com molho. Eu fiquei tão zangada de ver Theo desrespeitar a comida que derrubei o pão dentro da xícara e ele se desmanchou todo.

Ela não tirava os olhos das bandejas. Não ligou para o olhar detestável de Theo até ele dar o troco para ela no caixa. Aí, olhou direto para ele e disse: "Estou vendo por que você precisa de uma turma. Seu pau não funciona no mano a mano?".

Theo gritou um palavrão para as costas dela, mas não tinha ninguém para ouvir além de mim. Muito depois que a porta bateu, ele continuava repetindo aquilo. É assim mesmo. Gente moça não pode desperdiçar palavra porque eles não têm muitas.

Quando Maceo entrou, pronto para assumir o posto antes de começarem as filas de depois da igreja, Theo estava driblando bolas de ar na quadra de sonho dele atrás do caixa. Como se tivesse sido contratado por Orlando e pelo povo da Wheaties também. Não é um mau jeito de esquecer a vergonha. Rápido, pelo menos. Tem gente que leva uma vida inteira.

Essa menina Junior — alguma coisa nela me traz à cabeça uma mulher daqui que eu conheço. Por nome Celestial. Quando era moça, eu quero dizer, se bem que eu duvido que Junior ou qualquer dessas vagabundas modernas se comparem com o estilo dela. Mr. Cosey a conhecia também, se bem que, se alguém perguntasse, ele negava. Para mim não, claro. Mr. Cosey nunca mentia para mim. Não tinha por quê. Conheci a primeira mulher dele melhor que ele mesmo. Sabia que ele a adorava e sabia o que ela começou a pensar dele quando descobriu de onde vinha o dinheiro dele. Ao contrário da lenda que ele espalhava, o pai, por quem sentia tanto orgulho, tinha ganhado a vida como informante do tribunal. Aquele com quem a polícia podia contar para descobrir onde algum rapazinho de cor estava escondido, quem vendia bebida, quem estava de olho em qual propriedade, o que diziam nas reuniões da igreja, quem estava agitando para votar, angariando dinheiro para uma escola — esse tipo de coisa que interessava à lei de Dixie. Bem pago, informado e protegido durante cinqüenta e cinco anos, Daniel Robert Cosey estava sempre com aquele olho cinzento e mau em cima de todo mundo. Só pelo poder daquilo, as pessoas achavam, porque ele não tinha alegria e o dinheiro que ganhava para ficar à disposição dos brancos em geral e da polícia em particular não trazia nenhum conforto para ele nem para a família dele. Para os brancos, era o Danny Boy. Mas para os negros, as iniciais, DRC, forneceram o nome pelo qual era conhecido: Dark. Ele adorava dinheiro de papel e moeda, negava sapatos decentes para o filho e vestidos passáveis para a mulher e as filhas, até que morreu e deixou para trás cento e catorze mil rancorosos dólares. O filho resolveu aproveitar a parte dele. Não jogar fora, exatamente, mas usar em coisas que Dark amaldiçoava: bom divertimento, boas roupas, boa comida, boa música, dançar até o sol raiar em um hotel feito para tudo isso. O pai era detestado; o filho era um raio de luz. Os tiras pagavam o pai; o filho pagava os tiras. O que o pai corrigia, o filho celebrava. O pai era miserável? O filho era mão aberta. Julia não era de se im-

pressionar com esbanjamento. A família dela era de fazendeiros sempre perdendo a terra para proprietários brancos e negros malvados. Ela ficou dura quando soube que o dinheiro do marido era empapado de sangue. Mas não teve de sentir vergonha durante muito tempo. Teve filho e esperou doze anos para ver se a história pulava uma geração ou desabrochava no filho dela. Não sei se ela ficou satisfeita ou só perdeu o interesse, porque o último suspiro dela foi: "É o meu papai?".

4. BENFEITOR

Heed entrou na espuma, segurando na beirada da banheira com a prática de usar os polegares. Assim que ajoelhasse, podia virar, sentar e ver a espuma lilás subir até os ombros.

Isto não pode durar muito, pensou. Vou afundar ou escorregar e não vou ter força no pulso para me salvar do afogamento.

Esperava que a lista de coisas que Junior estava disposta a fazer — "Quer que arrume seu cabelo, eu arrumo. Quer tomar um banho, eu dou" — fosse de verdade, não só a mentira impulsiva de alguém caçando um emprego. Heed resolveu testá-la primeiro com os cabelos antes de pedir ajuda com o banho. Em julho foi a última vez que conseguiu segurar o frasco de Clairol para inundar as fendas prateadas de seu cabelo com nogueira profundo. Como, pensou, como podia ser que ela, que nunca havia pegado um caranguejo, nem manipulado lagostim nem marisco, acabasse com mãos mais deformadas do que as dos trabalhadores da fábrica que faziam isso? Ben-Gay, aloé, Aspercreme não ajudavam muito, e os banhos constantes eram necessários para impedir ser tocada pela vida marinha que nunca tocara. Então as duas primeiras tarefas de Junior seriam tingir seu cabelo e ajudar no banho — contando que seria possível afastar a atenção dela de Romen durante o tempo necessário.

Não precisava saber o que Junior havia dito para ele. Vendo a cara do menino da janela do quarto, Heed achou que era quase como se a moça tivesse gritado. O sorriso dele, os olhos ficando líquidos. Logo, logo os dois iam estar enrolados bem debaixo do nariz dela. Na garagem, debaixo de uma manta. Não. Junior era ousada. Ia esgueirar o rapaz para dentro do quarto dela, ou qualquer outro quarto. Christine podia não gostar disso. Ou talvez não se importasse. Se estivesse raivosa ou invejosa, era capaz de estraçalhar os dois. Se repassasse a sua história de vagabunda, podia gostar. Ninguém sabia para que lado a gata do olho cinzento podia pular. Estava na sétima vida, se Deus quiser. Heed achava aquilo bom, um romance recém-nascido, um jeito de manter a garota ali quando descobrisse que não havia como roubar. Já bastava Christine estar surripiando o dinheiro da casa para pagar aquela advogada. Um pouco de agito no banco de trás podia relaxar o Romen também. Arrancá-lo das garras de Vida. Ele tinha a boca tão tensa. "Sim, senhora. Não, senhora. Não, obrigado, tenho de estar em casa quando acender a luz da rua." O que Vida e Sandler teriam contado sobre ela? Sobre Christine? Fosse o que fosse, não teria sido horrível ao ponto de não quererem que ele trabalhasse ali. Só não fique muito íntimo, Vida deve ter dito. Mas se Romen tivesse razões pessoais para ficar, seria mais útil do que já era. Havia seguido as instruções dela perfeitamente quando ditou o anúncio para o *Harbour Journal*. Junior, com sua esperteza das ruas, ia ensinar a ele os truques de que precisava para lidar com Vida e parar de tratar todo mundo em idade de pagar imposto como inimigo e, em particular, mulheres velhas como se fossem idiotas.

Heed estava acostumada a isso. Contava com isso, na verdade. Sabendo que quem respondesse ao anúncio estaria precisando de dinheiro, era uma sorte a primeira e única candidata ser esperta além de ambiciosa. As duas haviam se colocado uma para a outra na noite passada e, enquanto Ms. Viviane estava ocupada absorvendo o quarto, Heed estava ocupada absorvendo-a; enquanto ela estava ocupada assumindo o controle, Heed a deixava acreditar que realmente o tinha. Uma vida inteira sendo subestimada havia lustrado seu discernimento até rebrilhar. Só papá percebia e a escolhera entre todas as que podia ter escolhido. Sabia que ela não tinha escola, nem habilidades, nem criação adequada, e a escolheu mesmo assim, enquanto todo mundo achava que dava para passar por cima dela. Mas ali estava ela, e eles onde estavam? May enterrada, Christine sem um tostão, na cozinha, L assombrando Up Beach. Cada uma em seu lugar. Tinha enfrentado todas, vencido, e ainda estava vencendo. A conta no banco estava mais gorda que nunca. Só Vida tinha se dado bastante bem, e isso por causa de Sandler, que nunca havia ridicularizado nem insultado a mulher de Bill Cosey. Ele a respeitara mesmo quando sua esposa não fizera isso. Ele é que tinha vindo até ela pedir se podia empregar o neto. Polido. Aceitou o café gelado no quarto dela. Vida jamais teria feito isso. Não só porque não gostava de Heed, mas também porque tinha medo de Christine — como devia ter. A faca que rebrilhou no enterro de Cosey era de verdade, e os rumores sobre a vida vadia de Christine incluíam brigas, prisões, incêndio a carros e prostituição. Não dá para calcular do que é capaz uma mente treinada na sarjeta da vida.

Era impossível que ninguém soubesse das brigas entre elas quando Christine voltou para residir ali definitivamente. A maioria era de boca: discussões sobre o duplo C gravado na prataria, se era uma letra duplicada ou o par das iniciais de Christine. Podia ser ambas as coisas, porque Cosey havia encomendado o serviço depois do primeiro casamento, mas muito antes do segundo. Discutiram sobre anéis duas vezes roubados e sobre o sentido de deixá-los nos dedos de um morto. Mas houve também brigas físicas com mãos, pés, dentes e objetos voando. Pelo tamanho e pela determinação, Christine devia ter sido a vencedora. Com mãos fracas e nenhum tamanho, Heed teria perdido todas as disputas. Mas os resultados ficaram no mínimo empatados. Pois a velocidade de Heed mais que compensava a força de Christine, e sua ágil astúcia — antecipando, protegendo, se esquivando — exauriu a inimiga. Uma vez por ano — talvez duas — elas se esmurravam, puxavam cabelos, se agarravam, mordiam, esbofeteavam. Sem nunca tirar sangue, nunca pedir desculpas, nunca premeditar, porém levadas anualmente a um ofegante episódio que era tanto rito quanto conflito. Por fim pararam, mudaram para um ácido silêncio e inventaram outras maneiras de frisar o azedume. Junto com a idade, a constatação de que nenhuma das duas podia ir embora passou a desempenhar um papel no cessar-fogo não negociado. Mais precisa era a não enunciada compreensão de que as brigas não faziam nada além de permitir que se abraçassem. Suas queixas eram sérias demais para isso. Como a amizade, o ódio precisa mais que intimidade física; ele exige criatividade e trabalho duro para se sustentar. A primeira briga, interrompida em 1971, assinalou a vontade de arranhar uma à outra. Começou quando Christine roubou da escrivaninha de Heed as jóias que papá ganhara em um jogo de cartas — um saco de papel cheio de anéis de noivado que ele concordara em receptar para um baterista com ficha policial. Anéis que Christine fingiu querer colocar nos dedos de papá no caixão. Quatro anos depois, ela se enfiara na casa de Heed carregando uma sacola de compras com os dedos cobertos com aquela coleção de esperanças de outras mulheres, exigindo direitos e espaço para cuidar de May, sua mãe doente — a mesma mãe de quem caçoara durante anos quando não se dava ao trabalho nem de pensar nela. Imediatamente a luta interrompida foi retomada e mantida intermitente durante uma década. Quando procuravam meios mais interessantes de causar dor tinham de contar com informações pessoais, coisas que se lembravam da infância. Cada uma achava que mandava. Christine com sua vigorosa saúde podia dirigir, sair e cuidar da casa. Heed, porém, sabia que ainda era ela quem mandava, ainda era ela a vencedora, não só porque tinha o dinheiro, mas porque era o que todo mundo, menos papá, achava que ela não era: esperta. Mais esperta que a queridinha, a mimada mal educada na escola particular, burra com os homens, pouco equipada para trabalho de verdade e preguiçosa demais para trabalhar; uma parasita sustentada por homens até que eles a largavam e mandavam de volta para casa para morder a mão que devia estar lambendo.

Heed tinha certeza de que conhecia Christine melhor do que Christine conhecia a si mesma. E apesar do contato de apenas doze horas, também conhecia Junior e sabia o que aquele poço de sexo estava pensando agora: como enganar a velha artrítica, como usá-la para satisfazer e acobertar seus desejos. Heed também sabia tudo a respeito disso, a respeito de desejos tão intensos que eram capazes de trazer lágrimas de raiva a olhos adultos. Como as de May quando descobriu com quem o sogro ia casar. E olhos jovens. Como os de Christine quando descobriu que sua melhor amiga era a escolhida. Ambas, mãe e filha, ficaram malucas só de pensar que ele escolhera uma garota de Up Beach para noiva. Uma garota que não tinha nem uma camisola, nem um maiô. Que nunca havia visto comida separada em pratos especiais. Que dormia no chão e tomava banho aos sábados em uma banheira cheia de água turva deixada pelas irmãs. Que talvez nunca fosse se livrar do cheiro de peixe da fábrica de conservas. Cuja família guardava jornais não para ler, mas para usar na privada. Que não conseguia nem formar uma frase correta; que sabia algumas letras de forma, mas não escrita cursiva. Nessas circunstâncias, ela precisava ser protegida todos os minutos do dia. Papá a protegia, mas ele não estava presente o tempo todo em todos os lugares onde as pessoas podiam mexer com ela, porque May e Christine não eram as únicas, como ficou provado uma certa tarde. Com a necessária habilidade dos semiletrados, Heed tinha uma memória impecável e, como a maioria dos não-leitores, era muito boa com números. Lembrava-se não só de quantas gaivotas tinham vindo comer uma água-viva, mas do padrão de seu vôo quando enxotadas. Dominava o dinheiro completamente. Além disso, sua audição era tão aguda e poderosa quanto a dos cegos.

A tarde estava fervendo. Ela estava sentada no gazebo, comendo um almoço leve. Salada verde, água gelada. A uns trinta metros, um grupo de mulheres descansava à sombra da varanda tomando ponche de rum. Duas eram atrizes, uma delas tinha feito uma audição para trabalhar em *Anna Lucasta*; duas eram cantoras; a outra estudava com Katherine Dunham. Não conversavam em voz alta, mas Heed escutava cada palavra.

Como ele pôde se casar com ela? Proteção. De quê? De outras mulheres. Eu não acho. Ele namora por fora? Provavelmente. Você está maluca, é claro que sim. Ela não é feia. Tem o corpo bom. Mais do que bom; podia estar no Cotton Club. A não ser pela cor. E ia ter de sorrir em algum momento. Devia fazer alguma coisa com aquele cabelo. Nem me fale. Então, por quê, por que ele escolheu essa aí? Não entendo. Difícil de conviver com ela. Difícil como? Não sei; ela é meio para o físico. (Longas risadas.) Como assim? Sabe como é, meio do mato. (Risadas de engasgar.)

Enquanto elas conversavam, quatro fios de água desciam pelo copo de Heed, abrindo caminho na umidade. Olhos de pimenta se arregalaram nas órbitas cor de oliva. Dentro de um anel de cebola, uma fatia de tomate expunha seu sorriso de sementes, sorriso de que ela se lembrava até este momento.

Papá insistiu para ela aprender a administrar o hotel e ela aprendeu de fato, apesar do desprezo local e da sabotagem de May e Christine. As duas se queimavam na afronta mantida acesa pela radiosidade que o casal trazia consigo para o café-da-manhã e o antecipado fulgor do jantar. A idéia de papá e ela juntos na cama levava as duas a novas e maiores maldades. A guerra já havia sido declarada por causa do vestido que papá encomendara no Texas. Caro, lindo, era grande demais. L alfinetou o vestido para ajustar, mas ele não foi encontrado até a tarde da cerimônia, quando já era tarde demais. L dobrou os punhos, colocou alfinetes de segurança na barra, mas mesmo assim Heed teve de se esforçar muito para sorrir ao descer a escada do saguão do hotel e durante a cerimônia. Uma cerimônia sem a presença da família de Heed porque, sem contar Solitude e Righteous Morning, ninguém da família dela teve permissão de comparecer. A desculpa dada foi que ainda estavam de luto pelas mortes de Joy e Welcome. A razão verdadeira era May, que fazia o impossível para esnobar todo o ramo dos Johnson. Ela chegou a protestar contra a resolução de papá de pagar o enterro dos dois — resmungando que os meninos não tinham nada que vir nadar na parte do mar que era "deles". Só as irmãs mais novas de Heed tiveram permissão de se esgueirar na sala e ouvir "Oh promise me". Dessa perversidade, May e a filha passaram à crítica impiedosa à jovem noiva: sua fala, sua higiene, suas maneiras à mesa e milhares de coisas que Heed não sabia. O que queria dizer "endossar um cheque"; como arrumar uma cama; como se desfazer dos absorventes higiênicos; como arrumar uma mesa; como avaliar os mantimentos. Ela podia aprender a ler letra cursiva se essa deficiência não tivesse virado piada. L, que gostava dela nessa época, lhe ensinou muita coisa e salvou a vida que papá havia dado a ela e a ela só. Jamais teria conseguido navegar naquelas águas traiçoeiras se não fosse a correnteza de L. Heed não tinha achado isso grande coisa na época, mas dava por certo que o marido seria generoso com ela. Já havia pagado pelo enterro de seus irmãos; dado a sua mãe um presente e colocado um sorriso de gratidão no rosto de seu pai. Ela não fazia idéia que tantas outras pessoas — principalmente sua própria família — esperavam tirar vantagem dele. Seus parentes forçaram tanto que provocaram uma ruptura nunca reparada. Assim que a cerimônia de casamento terminou, se penduraram nela. Insinuavam: "Ouvi dizer que estão contratando, mas precisa ter sapato de trabalho para ser aceito...". "Viu aquele vestido que a Lola deu para a mãe dela?..." Imploravam: "Pergunte se ele pode me emprestar alguma coisa até...". "Você sabe que estou duro desde que..." "Eu pago de volta assim que..." Exigindo: "Me traga um pouco daquele...". "Só isso?" "Você não precisa disto, precisa?" No momento em que foi determinado que deviam ficar longe da área do hotel, Heed ficou com vergonha de protestar. Até Righteous e Solitude começaram a desconfiar de sua lealdade. Suas visitas a Up Beach eram apimentadas por recriminações e acusações, e, quando contou a papá por que estava com os olhos inchados, ficou aliviada com a resposta firme que ele deu. Tudo o que precisava era dele, o que era uma sorte porque ele era tudo que ela possuía.

Até o pescoço dentro das bolhas lilases, Heed repousou a cabeça na curva da banheira de porcelana. Esticando-se, manipulou a corrente com o dedo do pé para remover a tampa e esperou até a água escorrer toda. Se escorregasse e apagasse, pelo menos teria a chance de voltar a si sem se afogar.

Isto é uma besteira e perigoso, pensou, saindo da banheira. Não posso mais fazer isto.

Enrolada numa toalha, apoiada na cadeira de barbeiro vermelha de papá, resolveu pedir — não, mandar — que Junior passasse imediatamente a ajudá-la a entrar e a sair da banheira. Era um sacrifício necessário que não lhe agradava nada. A dependência, o embaraço de expor a pobre nudez mole ao julgamento do olhar de uma jovem firme não tinham nenhuma importância. O que incomodava Heed, o que a fizera hesitar, era a perda da memória da pele, a reminiscência de prazer do corpo. De sua noite de núpcias, por exemplo, submersa na água nos braços dele. Escapando da incômoda recepção pela porta dos fundos para o escuro, correndo de smoking e vestido de noiva grande demais pela grama marítima até a areia granulosa. Tirar a roupa. Sem penetração. Sem sangue. Sem gemidos de dor ou desconforto. Só aquele homem a acariciar, a cuidar, a banhar o corpo dela. Ela se arqueou. Ele se pôs atrás dela, pegou seus joelhos por trás e abriu suas pernas para as ondas. A pele pode esquecer isso na companhia de uma garota atrevida cuja pele está acumulando suas próprias lembranças sexuais como tatuagens. Das quais a última, aparentemente, seria a marca de Romen. Onde ficaria? Que aspecto teria? Junior devia ter tantas que seria difícil arrumar um espaço. Elas acabariam se fundindo em uma trama rendada cobrindo todo seu corpo, fazendo uma imagem ficar indistinta da outra, um rapaz do outro.

A história de Heed era pintada com cores que recuperavam o brilho original na água borbulhante. Ia ter de inventar um jeito de impedir que a presença de Junior apagasse o que sua pele aprendera primeiro na espuma do mar.

Uma vez, uma menininha foi muito longe — até a grande água e ao longo das bordas onde as ondas rolavam e a lama se transformava em areia limpa. O borrifo do mar umedecia a camiseta de homem que usava. Lá, em cima de um cobertor vermelho, uma outra menininha com fitas brancas no cabelo estava tomando sorvete. A água era muito azul. Mais além, uma multidão de pessoas ria. "Oi, quer um pouco?", a menina perguntou, estendendo uma colher.

Elas comeram sorvete com pêssego dentro, até uma mulher sorridente aparecer e dizer: "Vá embora. Aqui é propriedade privada".

Depois, fazendo pegadas na lama, ouviu a menina do sorvete gritar: "Espere! Espere!".

A cozinha era grande e brilhante, cheia de gente grande ocupada cozinhando, conversando, batendo panelas. Aquela que tinha dito "Vá embora" sorriu mais uma vez e a menina do sorvete ficou sua amiga.

Heed vestiu uma camisola limpa e um robe de cetim antiquado. Na penteadeira, examinou o rosto no espelho.

"Ir embora?", perguntou ao reflexo. "Esperar?" Como poderia fazer as duas coisas? Tentaram empurrá-la da areia branca de volta para a lama, detê-la escondendo um vestido de noiva, mas com o tempo aquela que gritou "Espere!" se foi e a que disse "Vá embora" foi afastada. Tolas, mimadas pela riqueza de um homem de mão aberta, não aprenderam, ou aprenderam tarde demais. Agora mesmo sabia que qualquer um que se interessasse iria achar que sua vida era a de uma velha preguiçosa reduzida a olhar papéis, ouvir o rádio e tomar banho três vezes por dia. Não entendiam que vencer exigia mais que paciência; exigia um cérebro. Um cérebro que não aceitava uma mulher que podia convocar seu marido a hora que quisesse. Cujo nome ele mantivera secreto mesmo no sono. Ah, menina. Ah, menina. Deixe ele gemer; deixe ele "ir pescar" sem vara nem isca. Havia recursos. Mas agora havia menos tempo.

Christine sabia disso e de repente saíra de carro para consultar sua advogada. Uma daquelas mulheres negras chamadas de novas profissionais com vinte anos de aprendizado que Christine esperava pudesse levar a melhor sobre uma mulher que havia vencido uma cidade inteira: derrotado a nora, feito Christine fugir, elevando-se acima de toda aquela gente conivente a implorar favores que, por mais que ela fizesse, ainda vomitava por trás de suas costas. Desde que se conhecia por gente, Heed achava que os estômagos se reviravam em sua companhia. Verdade seja dita, papá foi a única pessoa que não sentiu isso. Com ele estava segura, independentemente do que ele resmungasse no sono. E não havia nenhum problema sobre o que ele tencionava para ela quando morresse. Com testamento ou sem, ninguém jamais acreditaria que ele iria preferir Christine, que não via desde 1947, a sua própria mulher. A menos que fosse uma daquelas mulheres negras do tipo advogada, cheias de si, que desprezam as mulheres da geração de Heed, que tinham mais tino para negócios nas obturações dos dentes do que essas bobocas educadas jamais teriam.

Como não havia mais nada, as anotações para um testamento que L encontrou rabiscadas em um menu eram legais, desde que nenhum outro escrito, posterior e contraditório, fosse encontrado. Desde que. Desde que. Imagine, porém, que um escrito posterior, apoiando, esclarecendo o primeiro, fosse encontrado. Não um testamento de verdade autenticado — não havia nenhum, e se houvesse a louca May o teria escondido, como fizera com a escritura —, mas outro menu de um ano posterior ao de 1958, que efetivamente identificava por nome a "querida menina Cosey" do falecido: Heed Cosey. Se papá havia rabiscado seus desejos em 1958 e de novo em qualquer menu subseqüente que Heed pudesse encontrar, nenhum juiz ficaria a favor do que pleiteava Christine.

Não era uma idéia nova. Heed cismara com esse milagre durante longo tempo; desde 1975, quando Christine invadiu a casa cintilando diamantes e dizendo que a casa era dela. O que era novo, recente, era o tranco na memória de Heed no último verão. Ao passar loção nas mãos, tentar flexionar os dedos, separá-los e examinar o tecido cicatrizado nas costas da mão, Heed revisitou a cena do acidente. Cozinha quente, bancada de trabalho com pilhas de caixas. Faca elétrica, batedeira Sunbeam, torradeira General Electric — tudo novinho. L se recusando sem palavras a abri-las, quanto mais a usar o equipamento que continham. 1964? 1965? Heed estava discutindo com L. May entra na cozinha com sua própria caixa de papelão, usando aquele estúpido chapéu do exército. Está carregando uma caixa que um dia conteve caixas de sabão em pó Rinso. Está fora de si de preocupação de que o hotel e todo mundo dentro dele estejam em perigo imediato. Que negros da cidade tenham já invadido Up Beach, levando fluido de isqueiro, fósforos, coquetéis Molotov; gritando, insuflando os moradores locais a queimar o Cosey's Hotel e Resort e colocar os Pai-Tomás, o amigo do xerife, o traidor da raça, fora dos negócios. Papá disse que os manifestantes não faziam idéia do que era traição de fato; que May devia ter casado com o pai dele, não com o filho. Sem um pingo de prova, um indício de ataque, nem mesmo desrespeito, a não ser o mofo que lhe crescia na cabeça, May estava, acima de discussão, atribuindo a si mesma o papel de única protetora do hotel.

Um dia, ela fora apenas mais uma das ruidosas defensoras de empresas de propriedade de negros, dos benefícios de escolas separadas, de hospitais com alas e médicos para negros, de bancos pertencentes a negros, e das orgulhosas profissões destinadas a servir à raça. Aí descobriu que suas convicções não eram mais rebeldias raciais de antigamente, mas separatistas, "nacionalistas". Não o doce Booker T., mas o radical Malcolm X. Confusa, começou a gaguejar, a se contradizer. Ela exigia a concordância de quem pensava na mesma linha e discutia infindavelmente com aqueles que começavam a pensar em dançar à beira-mar enquanto crianças explodiam na escola dominical; em estabelecer leis de propriedade enquanto bairros tombavam em chamas. À medida que o Movimento inchava e funerais, marchas e tumultos eram todas as notícias que se tinham, May, profetizando execuções em massa, cortou o contato com pessoas normais. Até hóspedes que concordavam com ela começaram a evitá-la e a seus alertas de destruição. May via rebelião nos garçons; armas nas mãos dos trabalhadores do quintal. Um tocador de baixo foi o primeiro a envergonhá-la em público. "Ô, mulher. Cala essa boca, porra!" Não foi dito na cara dela, mas às suas costas e alto o suficiente para ser ouvido. Outros hóspedes se tornaram igualmente diretos ou apenas se levantavam e saíam quando ela se juntava a eles.

May acabou se acalmando, mas nunca mudou de idéia. Simplesmente ia pegando coisas e escondendo das fogueiras de querosene que sabia que estavam para se acender a qualquer dia. Das granadas arremessadas e das minas terrestres enterradas na areia. Seu alcance era ao mesmo tempo amplo e preciso. Ela patrulhava a praia e colocava armadilhas atrás da porta de seu quarto. Escondia documentos legais e alfinetes de segurança. Já em 1955, quando o corpo dilacerado de um adolescente comprovou a que ponto os brancos estavam levando a sério o atrevimento, e pressentindo desordem quando se espalhou a notícia de um boicote no Alabama, May identificou uma única fortaleza — o hotel — e enterrou a escritura na areia. Dez anos depois, a clientela do lugar, barulhenta e explosiva, a tratava com a cortesia devida a um pedaço de pau. E quando ondas de negros se abateram sobre bairros sossegados assim como sobre distritos comerciais, ela acrescentou a casa da rua Monarch aos seus cuidados. Sem controlar nada em nenhum dos dois lugares, ela entrou na clandestinidade, trancando coisas, armazenando. Dinheiro e prataria aninhados em sacos de arroz Uncle

Ben's; finas toalhas de mesa escondiam papel higiênico e pasta de dentes; buracos de árvores eram entupidos com roupa de baixo de emergência; fotografias, presentes, lembranças, lixo que ela colocava em sacos, em caixas e escondia.

Ofegante, ela entra na cozinha do hotel carregando seu butim enquanto Heed tenta convencer L do desperdício que está causando com sua recusa em abrir as caixas, usar o equipamento e, portanto, produzir mais refeições mais depressa. L não levanta a cabeça, simplesmente continua passando pedaços de galinha no ovo batido, depois na farinha. Um arco de gordura quente escapa da frigideira, se estatela na mão de Heed.

Até recentemente era tudo o que lembrava da cena — a queimadura. Trinta anos depois, passando loção nas mãos, ela lembrou mais. Antes do espirro de gordura quente. De deter May, conferir a caixa de Rinso, ver pacotes inúteis dos guardanapos de coquetel do último Ano-Novo, palitos de coquetel, chapéus de papel e uma pilha de menus. De ouvi-la dizer: "Tenho de guardar isto aqui". Naquela tarde, o equipamento novo desapareceu, para ser encontrado depois no sótão — último comentário sem palavras de L. Agora, Heed estava convencida de que aquela caixa de lixo de May ainda estava lá — no sótão. Dentro dela, devia haver cinqüenta menus. Elaborados semanalmente, diariamente ou mensalmente, dependendo do capricho de L, cada menu tinha uma data assinalando quão fresca era a comida, a precisão do preparo em casa. Se a gordura caiu em sua mão em 1964 ou 65, quando May, reagindo ao terror no Mississippi ou em Watts, tinha de ser seguida para que se recuperassem objetos necessários, os menus que estava guardando haviam sido preparados sete anos depois daquele de 1958 aceito como único testamento de Bill Cosey. Devia haver uma porção de menus não adulterados naquela caixa. Só precisava de um. Disso, de um coração de ladrão e de uma mão jovem, firme, que soubesse escrever em letra cursiva.

A boa e velha May. Anos de ardis, décadas de loucura — ambas as coisas resultavam na ingenuidade que poderia ser a salvação. Se ela estivesse viva, isso a mataria. Antes de sua verdadeira morte já era um fantasma de show de menestréis, flutuando pelos quartos, vagando pelos jardins, se escondendo atrás de portas até sentir-se segura para enterrar as provas de uma vida que a Revolução queria tirar dela. Porém, podia agora descansar em paz, uma vez que quando morreu, em 1976, a pena de morte de que tanto gostava estava de novo na moda e ela sobrevivera à Revolução. O fantasma dela, no entanto, de elmo e coldre, estava vivo e ganhando força.

Uma estrada com aroma de laranja até Harbor era o que Christine esperava, porque três vezes esse aroma havia acompanhado suas escapadas. A primeira foi a pé, a segunda de ônibus, e em todas as laranjeiras à beira da estrada marcaram sua fuga com um leve perfume cítrico. Mais que conhecida, a estrada constituía a estrutura dos sonhos de sua vida. Dos bobos aos assustadores, todo sonho memorável que tinha ocorria perto ou na própria Rota 12, e, mesmo que não visível, a estrada espreitava logo atrás do sonho, pronta para socorrer num sonho assustador ou fornecer o cenário para a incoerente felicidade de um sonho doce. Agora, ao apertar o acelerador, sua pressa tinha decerto a sensação de um pesadelo — urgência ofegante num tempo estacionário —, mas o tempo gelado havia matado os frutos novos junto com sua fragrância, e Christine estava agudamente ciente dessa ausência. Baixou o vidro da janela, subiu de novo, depois baixou outra vez.

O jeito de Romen lavar o carro não incluía abrir as portas,

de forma que o Oldsmobile cintilava por fora enquanto o interior cheirava como uma cela de delegacia. Ela um dia combatera um carro melhor que aquele por causa de um cheiro. Tentara matar o carro e tudo o que ele significava, mas tentara sobretudo eliminar o White Shoulders que lhe picava as fossas nasais e lhe engrossava a língua. O dono, dr. Rio, não chegou a ver o estrago porque a namorada nova mandou rebocar o carro antes que a visão daquilo lhe partisse o coração. Então, o martelo de Christine bate no pára-brisa, a navalha corta o couro macio; das fitas (inclusive e principalmente "For the good times", de Al Green) que ela enrolou no painel e na direção, ele só ouviu falar, nunca as viu. E isso machucou tanto quanto a sua dispensa. Matar um Cadillac nunca foi fácil, mas fazer isso em plena luz do dia num frenesi por causa do perfume de outra mulher era uma façanha que merecia um sério testemunho da pessoa a quem era dirigida. Segundo a dona da casa em que Christine morava, o dr. Rio foi poupado por sua nova mulher. Um erro, Manila dissera. A nova mulher deveria ter deixado que ele aprendesse a lição — que observasse o alerta do que uma mulher dispensada era capaz de fazer. Se tivessem deixado que visse o resultado de se livrar de uma mulher, isso poderia ajudar a nova a prolongar seu contrato de aluguel nos braços dele.

Os remorsos por sua vida mal conduzida se apagaram diante do brilho da lembrança do dr. Rio, assim como a vergonha por sua batalha com o adorado Cadillac dele. Apesar do vergonhoso fim do romance, os três anos com ele — bem, ao lado dele; intensamente não divorciável que era — foram maravilhosos. Tinha visto filmes sobre o sofrimento de mulheres que eram amantes, elas morrendo no final ou tendo bebês ilegítimos, sofredores, que também morriam. Às vezes, as mulheres se entristeciam de culpa e choravam no colo da esposa traída. Porém, vinte anos depois de ter sido substituída pelo frescor de White

Shoulders, Christine ainda insistia que seus anos de amante haviam sido os melhores. Quando conheceu o dr. Rio, seus quarenta e um anos diante dos sessenta dele faziam com que fosse um homem "mais velho". Agora, com seus sessenta e tantos, a expressão não queria dizer mais nada. Ele com certeza já teria morrido ou estaria preso a uma cama pagando cem dólares para ser mimado por alguma mãe adolescente dependente da segurança social enquanto uma enfermeira noturna controlava o fluxo de oxigênio. Era uma cena que ela precisava elaborar porque a última imagem que tivera dele havia sido tão sedutora quanto a primeira. Era um elegante e bem-sucedido clínico geral, apaixonado, divertido. Para ela, a última chance de felicidade, arruinada pelo segundo inimigo mais velho do mundo: outra mulher. As meninas de Manila contaram que o dr. Rio dava para cada nova amante a mesma colônia de presente. Christine havia pensado que era uma coisa única — um gesto particular de um pretendente solícito. Ele gostava assim; ela aprendeu a gostar. Se tivesse ficado mais tempo com Manila ou visitado suas prostitutas de vez em quando, teria logo descoberto o estilo de besteira do dr. Rio: ele caía de cabeça, seduzido, oferecia seu apartamento caro na avenida Trelaine, mandava uma dracena e White Shoulders no dia em que a substituta se mudava para lá. Ao contrário de rosas ou qualquer outra flor cortada, a dracena tencionava falar de legitimidade, de permanência. O White Shoulders — quem pode saber? Talvez ele tivesse lido a respeito em algum lugar, numa revista para homens criada para mostrar-lhes a diferença entre suave de suavidade e Suave, marca de xampu. Alguma revista popular fora de moda para adolescentes disfarçados de homens que catalogava técnicas de sedução, como se fosse preciso qualquer técnica quando uma mulher escolhe um homem. Ele podia ter mandado uma garrafa de Clorox e uma árvore de Natal morta que ela teria feito o que ele quisesse por tudo o que colocara a seu alcance. Completa liberdade, cuidado total, sexo confiável, presentes atrevidos. Viagens, curtas e secretas para que sua mulher não descobrisse, festas, risco e um lugar satisfatório na hierarquia social de uma determinada sociedade negra de classe média que se achava bem-sucedida, contanto que o dinheiro e as credenciais profissionais fossem certas.

A Rota 12 estava vazia, distraindo com esparsas lembranças do passado a urgência da missão de Christine. Como foi abrupta a sua expulsão dos camarotes de primeira classe dos cruzeiros românticos para a cabeça empurrada para baixo ao entrar num carro de polícia; de uma cobiçada mesa em um banquete da Associação Nacional de Medicina para o balanço entre os próprios cotovelos num colchão de puta arejado todo dia para eliminar o fedor dos ocupantes anteriores. Quando voltou para Manila, dependente de sua imediata mas breve generosidade, Christine despejou na privada o restante de seu White Shoulders e embalou sapatos, orgulho, corpete, sutiã e calcinhas três quartos em uma sacola de compras. Tudo menos os diamantes e sua colher de prata. Essas coisas guardou na parte com zíper da bolsa, junto com o empréstimo de cinqüenta dólares que Manila lhe fez. As meninas de Manila haviam sido boazinhas quase o tempo todo; outras vezes não. Mas gostavam tanto de seus corações de ouro — ouro que tiraram de carteiras ou arrancaram com formas brandas de chantagem — que eram fortemente otimistas. Disseram para Christine não se preocupar, que alguma mulher havia de arrancar o pinto dele um dia desses e que, além disso, ela ainda era uma gata, havia um monte de parceiros e nem toda despedida era definitiva. Expulsa do apartamento depois de se recusar durante semanas a sair por bem; impedida de levar suas peles, o casaco de camurça, a calça de couro, conjuntos de linho, os sapatos Saint Laurent — até o diafragma:

aquela despedida foi definitiva. As quatro malas Samsonite com que havia saído de casa em 1947 continham tudo o que achou que fosse precisar. Em 1975, a sacola de compras do Wal-Mart com que voltou continha tudo o que possuía. Considerando a prática, suas saídas de Silk não deviam ter se tornado cada vez mais lamentáveis. A primeira, aos treze anos de idade, resultado de um ataque de raiva, esgotou-se em oito horas; a segunda, aos dezessete, uma fuga pela vida, foi igualmente desastrosa. Ambas as escapadas foram provocadas por maldade, mas a terceira e última, em 1971, foi uma tentativa calma de evitar o massacre que tinha em mente. Deixar outros lugares: Harbor, Jackson, Grafenwöhr, Tampa, Waycross, Boston, Chattannooga — ou qualquer cidade que um dia a atraiu —, foi fácil até o dr. Rio expulsá-la à força sem nenhuma boa razão que ela pudesse imaginar, a não ser um desejo de dracena nova ou uma modelo mais jovem para as peles que ele passava de uma amante para a outra. Depois de alguns dias de reflexão na casa de Manila (assim batizada em homenagem às façanhas de um pai heróico), Christine descobriu um jeito de transformar em um ato de responsabilidade filial o retorno para Silk coberta de vergonha e à custa de dinheiro emprestado: para cuidar de sua mãe doente e travar uma nobre batalha por justiça — a parte que era legalmente sua na propriedade Cosey.

Lembrou-se da viagem de volta no ônibus, pontuada por momentos de sono com aroma de sal marinho. Com uma explosiva exceção (durante a qual estava cega de fúria), era seu primeiro vislumbre de Silk em vinte e oito anos. Casas bonitinhas em ruas com nomes de heróis e árvores destruídas para construí-las. O Maceo ainda ficava na Gladiador em frente à Cordeiro de Deus, resistindo contra um novo lugar de hambúrgueres chamado Patty's, na Prince Arthur. Então sua casa: um lugar familiar que, depois de ela ir embora, continuou mudando por trás de suas costas. A pintura a óleo cremosa que levava na memória se transformara em tinta doméstica. Vizinhos mágicos, vibrantes, se transformaram em nebulosos rabiscos de si mesmos. A casa pregada em seus sonhos e pesadelos se desmancha, não cintilante, mas decaída, no entanto por isso mesmo mais desejável, porque o que acontecera com a casa acontecera com ela. A casa não havia encolhido; ela sim. As janelas não estavam tortas — ela estava. O que quer dizer que era mais dela do que nunca.

A cara de Heed, fria e dura, havia sido tudo, menos convidativa, de forma que Christine simplesmente passou ventando por ela. Com pouquíssimas palavras chegaram a uma espécie de acordo, porque May era inútil, o lugar estava imundo, a artrite de Heed incapacitara suas mãos, e porque ninguém na cidade agüentava as duas. Então aquela que havia freqüentado a escola particular cuidava da casa enquanto a que mal sabia ler dava as ordens. A que havia sido vendida por um homem batalhava com a que havia sido comprada por um homem. Era alto o nível de desespero necessário para ela abrir seu caminho, pois estava voltando para uma casa cuja dona estava disposta a incendiá-la para mantê-la à distância. Tinha feito isso, de fato, uma vez, colocado fogo na cama de Christine exatamente com esse propósito. Então, dessa vez, por questão de segurança, ela se instalou no pequeno apartamento junto à cozinha. Sentiu algum alívio quando viu as mãos inúteis de Heed, mas saber do que aquela mulher era capaz fazia seu coração bater irregular na presença dela. Ninguém era mais ardilosa ou mais vingativa. Por isso, a porta entre a cozinha e os cômodos de Christine tinham uma chave escondida e uma tranca muito forte.

Christine freou para uma tartaruga que estava atravessando a estrada, mas, ao desviar para poupá-la, passou por cima de uma segunda que seguia a primeira. Parou e olhou pelos espelhos retrovisores — o da esquerda, o da direita e o de cima — em busca de um sinal de vida ou de morte: as patas viradas para o alto pedindo ajuda ou um casco rachado e imóvel. Suas mãos tremiam. Como não viu nada, saiu do banco do motorista e desceu correndo a estrada. O asfalto estava vazio, as laranjeiras, imóveis. Nenhuma tartaruga em parte alguma. Teria imaginado aquilo, a segunda tartaruga? A que ficou para trás, Ms. Segundo Lugar, esmagada por um pneu que saiu da estrada, desviando para poupar sua irmã preferida? Espiou a estrada, mas não atinou qual era o problema; não se perguntou por que seu coração estava abalado por uma tartaruga que atravessava a Rota 12. Viu um movimento no lado sul, para onde estava indo a primeira tartaruga. Aproximou-se devagar e ficou aliviada ao ver dois pequenos cascos verdes rumando para as árvores. Os pneus haviam poupado Ms. Segundo Lugar e, enquanto a motorista estava lá tremendo no carro, ela havia alcançado a mais rápida. Pasmada, Christine ficou olhando o par desaparecer e só voltou ao carro quando outro carro diminuiu a marcha atrás do dela. Quando ela saiu do acostamento, o motorista sorriu: "Não tem banheiro em casa?".

"Passa logo, filho-da-puta!"

Ele mostrou o dedo para ela e foi embora.

A advogada podia se surpreender — Christine não tinha hora marcada —, mas a receberia mesmo assim. Todas as vezes que se enfiara no escritório, Christine havia sido encaixada. Sua descida de garota mimada para um desamparo sujo não havia sido nem lenta nem secreta. Todo mundo sabia. Para ela não houve a volta para casa em um carro elegante dirigido por um marido bem-sucedido. Nenhum retorno com o diploma na mão e uma família feliz a reboque. Certamente nenhuma história fascinante sobre as dificuldades de tocar o próprio negócio ou as limitações impostas a seu tempo por executivos exigentes, clientes, pacientes, agentes ou treinadores. Em resumo, nenhuma volta ao lar cheia de insinuações de realização pessoal e velada condescendência. Ela era um fracasso. Mal-afamada. Mas era também uma Cosey, e em Harbor esse nome ainda fazia subirem muitas sobrancelhas. William Cosey, um dia dono de muitas casas, de um hotel e resort, de dois barcos e de baús de legendário dinheiro, objeto de muita fofoca, sempre fascinara as pessoas, mas ele havia provocado uma febre no condado quando se soube que não havia deixado testamento. Só rabiscos em um menu de 1958 definindo seus desejos movidos a uísque. Que acabaram sendo os seguintes (1) *Julia II* para o dr. Ralph, (2) os Montenegro Coronas para o xerife Silk, (3) o hotel para a esposa de Billy Boy, (4) a casa da rua Monarch e "os tostões que ainda sobrarem" para "minha doce menina Cosey", (5) o conversível 55 para L, (6) os alfinetes de gravata para Meal Daddy, e assim por diante, até sua coleção de discos para Dumb Tommy, "o melhor guitarrista de blues sobre a face da Terra". Sentindo-se bem, sem dúvida, por causa das doses de Wild Turkey puro, havia se sentado uma noite com alguns amigos bebuns e, entre acompanhamentos e especiais do dia, aperitivos, pratos principais e sobremesas escrevinhara a distribuição de sua riqueza àqueles que mais o agradavam. Três anos depois de sua morte, uns poucos amigos bebuns foram localizados e confirmaram o evento, a caligrafia e a lucidez da mente que parecia não ter mais nada a pensar sobre o assunto. Perguntas se abriam como capelos de cobras: por que estava dando o barco mais novo para o dr. Ralph? Que Coronas? O xerife Buddy está morto há anos, então será que o filho herda? O chefe Silk não fuma e quem é Meal Daddy? O cantor da Purple Tones, disse Heed. Não, o gerente da Strutters da rua Cinco, disse May, mas está na cadeia, presos podem receber herança? São só discos, idiota, ele não identificou você pelo nome, e daí?, não mencionou você de jeito nenhum! e por que dar um conversível para alguém que não sabe dirigir não precisa dirigir para vender um carro isso não é um testamento é um gibi! Ficaram falando de alfinetes de gravata, de charutos e do valor atual de um velho 78 — e nunca fizeram a pergunta central: quem era "minha doce menina Cosey"? O direito de Heed era forte — sobretudo porque chamava o marido de papá. Mas como, biologicamente falando, Christine era a única descendente que havia, seu direito de sangue era igual ao direito de viúva de Heed. Pelo menos era o que ela e May pensavam. Mas os anos de ausência, o fato de não ter nenhuma história de trabalho no hotel, a não ser por um verão como menor de idade, enfraqueciam a posição de Christine. Com certo humor, o tribunal examinou o menu engordurado, detendo-se preguiçosamente talvez na salada de repolho com sabor de abacaxi e no Chili Furioso do Fats, ouviu três advogados e, hesitante (até que futuras provas fossem fornecidas), julgou que Heed era a "doce menina Cosey" do vocabulário de um bêbado.

Gwendolyn East, a advogada, pensava diferente, porém, e recentemente dissera a Christine que eram promissoras as bases para um recurso de reversão. De qualquer forma, disse que havia espaço para revisão, mesmo que nenhuma prova mitigante fosse encontrada. Durante anos Christine havia procurado essa prova — no hotel, na casa —, e nada encontrara (a não ser o lixo residual da loucura de May). Se houvesse alguma outra coisa — um testamento de verdade, inteligível, datilografado —, devia estar em uma das muitas mesas trancadas de Heed além da porta de seu quarto, também trancada toda noite contra "intrusos". A questão era urgente. Não havia mais como esperar que a outra morresse ou, no mínimo, sofresse um ataque debilitador. Agora havia um terceiro elemento na mistura. Heed contratara uma moça. Para ajudá-la a escrever suas memórias, Junior Viviane dissera aquela manhã, na mesa do café. Christine quase cuspiu o café diante da palavra "escrever" ligada a alguém que havia freqüentado a escola intermitentemente por menos de cinco anos. Pegando com a colher pedaços de *grapefruit*, Junior sorria ao pronunciar "memórias" do mesmo jeito iletrado que Heed teria pronunciado. "Da família dela", disse Junior. Que família, Christine pensou. Aquele ninho de ratos de praia que tomava banho num barril e dormia de roupa? Ou está reclamando o sangue de Cosey junto com a terra de Cosey?

Depois de ponderar sobre o que a garota lhe dissera, Christine retirou-se para seu apartamento — dois cômodos e um banheiro anexos à cozinha, acomodações de empregados onde L costumava ficar. Ao contrário do acúmulo de lixo e das lembranças do resto da casa, a calma despojada ali era tranqüilizadora. A não ser pelos vasos de plantas resgatados do tempo violento, o apartamento parecia exatamente o mesmo de cinqüenta anos atrás, quando ela se escondia ali, debaixo da cama de L. Borrifando as folhas de begônia, Christine se viu incapaz de escolher uma nova linha de ação e resolveu consultar sua advogada. Esperou até Romen terminar e Junior estar fora das vistas no terceiro andar. Antes, no café-da-manhã, vestida com as roupas que Heed devia ter lhe emprestado (um conjunto vermelho que não era visto em público desde a Guerra da Coréia), Junior parecia uma interiorana em roupa de domingo. A não ser pelas botas, o couro da noite anterior havia desaparecido, assim como o cheiro de vida de rua que trouxera para dentro da casa. Quando Christine viu Romen zanzando ao sol, inspecionando o estrago que o gelo fizera nos arbustos, chamou-o para ajudá-la com a porta da garagem ainda presa no gelo, depois mandou que lavasse o carro. Quando ele foi embora, ela partiu, aumentando a velocidade o mais depressa possível para encontrar Gwendolyn East antes de o escritório da advogada fechar.

Os embaraços de Christine com a lei eram suficientemente variados para ela saber que Gwendolyn não era de confiança. A advogada podia conhecer os tribunais, mas nada conhecia da polícia — a ajuda ou o estrago que a polícia podia fazer muito antes de se conseguir ver um advogado. Os policiais que a afastaram do Cadillac mutilado eram, assim como o xerife Buddy Silk, gentis, respeitosos, como se a violência dela fosse não só compreensível, mas justificável. Lidaram com ela como uma mulher que havia atacado um molestador de crianças e não um carro. Suas mãos foram algemadas na frente, não atrás — e bem folgadas. Quando se sentou no carro de patrulha, o sargento lhe ofereceu um cigarro aceso e retirou um caco de vidro de farol de seu cabelo. Nenhum oficial beliscou seus seios, nem sugeriu que uma chupada faria muito em prol da justiça racial. Na única vez que tivera um impulso assassino com um martelo em vez de um canivete na mão, eles a trataram como uma mulher branca. Durante as quatro prisões anteriores — por praticar atos incendiários, por incitar a desordem, por obstruir o trânsito e resistir à prisão —, não tivera nada letal nas mãos e fora tratada como água de esgoto.

Pensando bem, todos os casos sérios que tivera a levaram direto para a cadeia. Primeiro Ernie Holder, com quem se casou aos dezessete anos, fez com que ambos fossem presos em um clube ilegal. Depois Fruit, cujos panfletos ela distribuía e com quem viveu mais tempo, rendeu-lhe trinta dias, sem suspensão, por incitar a desordem. Outros casos haviam transbordado e terminado em dramas para os quais a lei tinha nomes bem precisos: xingar era atacar um oficial; sacudir os braços quando algemada era resistir à prisão; jogar um cigarro muito perto de um carro de polícia era intenção de incêndio criminoso; correr pela rua para escapar da polícia montada era obstrução de tráfego. Por fim, o dr. Rio. Um Cadillac. Um martelo. Uma prisão gentil, quase relutante. Depois de uma hora de espera, nenhuma acusação feita, nenhuma declaração escrita nem entrevista, devolveram-lhe a sacola de compras e mandaram-na embora.

Ir para onde?, pensara, descendo esquivamente a rua. Havia sido retirada algemada de dentro do apartamento dela (dele) depois de uma prorrogação supervisionada de dois minutos para pegar a bolsa. Nenhuma roupa pode ser tirada do local, disseram, mas permitiram que levasse alguma roupa de baixo e a bolsa de cosméticos, a qual, sem que os bandidos pagos pelo advogado soubessem, continha uma colher e doze anéis de diamante. Além dos anéis que ela preferia morrer a colocar no prego, havia um cartão MasterCard recentemente suspenso e sete dólares, mais uns trocados. Estava tão sozinha quanto uma menina de doze anos olhando as ondas desmancharem seu castelo de areia. Nenhum de seus amigos mais próximos arriscaria desagradar o dr. Rio; os que não eram tão próximos estavam rindo de sua queda. Então foi a pé até a casa de Manila e a convenceu a recebê-la. Só por alguns dias. Grátis. Era um pedido arriscado, até descarado, uma vez que Manila não tinha uma casa de tolerância, como certas pessoas puritanas descreviam seu estabelecimento. Ela simplesmente alugava quartos para mulheres necessitadas. As desamparadas, as abandonadas, as que estavam em trânsito. O fato de essas mulheres terem visitas constantes ou ficarem em trânsito durante anos não era problema de Manila.

Christine tinha todos esses requisitos em 1947. O motorista de ônibus que a orientou para a rua Dois, 187, "bem perto da fábrica de vidro, procure uma porta cor-de-rosa", ou não entendeu nada ou entendeu muito bem. Ela lhe perguntara se conhecia alguma pensão e ele lhe dera o endereço de Manila. Apesar do contraste entre suas luvas brancas, casquetinho, pérolas discretas, uma gola Peter Pan impecável e as roupas das meninas de Manila, o desespero de Christine era igual ao delas. Quando desceu do táxi, eram nove e meia da manhã. A casa parecia ideal. Tranqüila. Bem cuidada. Manila sorriu para as quatro malas e disse: "Vamos entrando". Explicou os preços, as regras da casa e as regras para os visitantes. Já era hora do almoço quando Christine entendeu que os visitantes eram a clientela.

Ficou surpresa de seu choque ser tão brando. Seu plano era encontrar trabalho de secretária ou, melhor ainda, algum emprego bem pago em uma fábrica do pós-guerra. Recém-saída de uma festa de dezesseis anos atrasada e de uma formatura em Maple Valley, havia aterrissado em um lugar que sua mãe teria chamado de "um bordel infecto" (como na frase "Ele vai transformar este lugar em um..."). Christine dera risada. Nervosa. Isto é território de Celestial, pensou, lembrando-se de uma mulher de cicatriz no rosto na praia. As meninas saracotearam da sala de jantar para a sala de estar, onde Christine estava sentada, e, examinando suas roupas, conversaram entre elas, mas não com Christine. Isso a fez lembrar-se de uma recepção em Maple Valley: o exame tranqüilo mas completo; as perguntas provocantes, suavemente hostis. Quando algumas meninas de Manila se dirigiram a ela — "De onde você é? Gracinha de chapéu. Sapato bacana também, onde comprou? Cabelo bonito" —, a semelhança aumentou. As mais novas falavam de sua aparência, dos namorados; as mais velhas davam conselhos amargos a respeito de ambas as coisas. Assim como em Maple Valley, todo mundo tinha um papel e uma matrona controlava o palco. Não havia escapado de nada. Maple Valley, Cosey's Hotel, bordel de Manila — os três flutuavam em tensão sexual e ressentimento; os três insistiam em confinamento; nos três, status era dinheiro. E todos eram organizados em torno das prementes necessidades dos homens. A segunda escapada de Christine, iniciada em uma vida doméstica que se tornara perigosa, era alimentada por um sonho de privacidade, de independência. Queria fazer as regras, escolher seus amigos, ganhar e controlar seu próprio dinheiro. Por essas razões apenas acreditara que nunca teria ficado na casa de Manila, mas isso ela nunca saberá porque, sendo uma garota de cor nos anos 40 com uma educação que não lhe serviria para nada além do casamento, foi muito fácil para Ernie Holder se apossar dela naquela mesma noite. Adeus independência; adeus privacidade. Ele a levou de lá para uma organização com o mínimo de privacidade, o máximo de regras e as menores escolhas: a maior e mais totalmente masculina entidade do mundo.

O cabo Ernest Holder fora à casa de Manila pensando comprar um pouco de diversão e em vez disso encontrou uma garota linda com um conjunto azul-marinho e colar de pérolas, lendo a revista *Life* em um sofá. Christine aceitou o convite para jantar. Na sobremesa tinham planos. Desejo tão instantâneo que parecia destino. Como acasalamento, teve seus momentos. Como casamento, foi ridículo.

Christine estacionou e baixou o espelho retrovisor para ver se estava apresentável. Era uma coisa que não costumava fazer, mas que fez por causa de um encontro ocorrido em sua primeira visita ao escritório de Gwendolyn East. Estava para entrar no edifício quando sentiu um toque no ombro. Uma mulher de boné de basquete e uniforme de ginástica sorriu para ela.

"Você não é Christine Cosey?"

"Sou."

"Achei que era você. Eu trabalhava no Cosey's. Faz muito, muito tempo."

"É mesmo?"

"Me lembro de você. As melhores pernas da praia. Nossa, como você era bonita. A pele, o cabelo lindo. Estou vendo que ainda tem aqueles olhos, é. Nossa, você era uma gatinha. Não se importa que eu diga isso, não?"

"Claro que não", disse Christine. "Mulheres feias sabem tudo de beleza. Têm de saber."

Não olhou para trás para ver se a mulher tinha dado uma cuspida ou uma risada. Mas em cada visita subseqüente ao escritório da advogada, não conseguia deixar de se olhar no espelho. O "cabelo lindo" precisava de um corte e de um estilo — qualquer estilo. A pele ainda não tinha rugas, mas "aqueles olhos", voltados para fora, nunca para dentro, pareciam pertencer a outra pessoa.

Gwendolyn East não gostou nada daquilo. O objetivo de um escritório era que as entrevistas fossem marcadas. A entrada de Christine era como uma invasão.

"Temos de agir", disse Christine, puxando a cadeira para mais perto da mesa. "Está acontecendo uma coisa."

"Como foi que disse?", Gwendolyn perguntou.

"Essa história do testamento. Ela tem de ser impedida."

Gwendolyn resolveu que encorajar aquela cliente rústica não valia o pagamento ainda não estabelecido. "Escute, Christine. Eu estou do seu lado, você sabe disso, e um juiz pode estar também. Mas você *está* vivendo lá, sem aluguel, sem despesas. De fato, pode-se até dizer que Mrs. Cosey está sustentando você, quando não tem nenhuma obrigação de fazer isso. E o benefício de ser contemplada com a propriedade, de certa forma, já é seu por assim dizer. Melhor, talvez."

"O que você está dizendo? Ela pode me botar na rua qualquer dia desses, se quiser."

"Eu sei", disse Gwendolyn, "mas em vinte anos ela não fez isso. O que você conclui daí?"

"Escravidão, é isso que eu concluo."

"Vamos lá, Christine", Gwendolyn disse, franzindo a testa. "Você não está num asilo, nem no seguro social."

"Seguro social? Seguro social!" Christine primeiro sussurrou a palavra, depois gritou. "Olhe. Se ela morrer, quem fica com a casa?"

"Quem quer que ela determine."

"Como um irmão, um sobrinho, um primo, um hospital, certo?"

"Quem ela determinar."

"Não necessariamente eu, certo?"

"Só se ela colocar isso em testamento."

"Matar, então, não adianta?"

"Christine. Você é muito engraçada."

"Escute aqui. Ela acaba de contratar alguém. Uma moça. Uma moça jovem. Não precisa mais de mim."

"Bem." Gwendolyn ficou pensativa. "Você acha que ela concordaria em fazer algum tipo de contrato? Algo que garanta a você um lugar lá para toda a vida e sustento em algum nível em troca de... serviços?"

Christine jogou a cabeça para trás e olhou o teto como se procurasse uma nova linguagem para se fazer entender. O que dizer para aquela advogada não devia ser tão difícil. Afinal, Ms. East tinha uma história em Up Beach, era neta de uma garota da fábrica de conservas que sofrera um colapso. Devagar ela bateu o dedo médio na mesa para frisar certas palavras. "Eu sou a última, a única, parente consangüínea de William Cosey. Durante vinte anos venho tomando conta da casa dele e da viúva dele. Cozinhei, limpei, lavei a roupa de baixo dela, lavei os lençóis, fiz as compras..."

"Eu sei."

"Não sabe! Não sabe! Ela está me substituindo."

"Espere um pouco."

"Está! A vida dela inteira foi isso, você não entende? Me substituir, se livrar de mim. Eu sou sempre a última; o tempo todo aquela que mandam sair, que mandam embora."

"Christine, por favor."

"Aquele é o *meu* lugar. Minha festa de dezesseis anos foi naquela casa. Quando eu não estava na escola, era o *meu* endereço. Faço parte daquilo e ninguém vai sacudir um menu manchado de bebida na minha cara e me botar para fora!"

"Mas você passou anos longe da propriedade..."

"Vá se foder! Se você não sabe a diferença entre propriedade e um lar, tem de levar um chute na cara, sua burra, idiota, lixo da fábrica de conserva! Está despedida!"

Era uma vez uma menininha com laços brancos em cada uma de suas quatro tranças. Tinha um quarto só seu embaixo do sótão de um grande hotel. Bem-me-queres pontilhavam o papel de parede. Às vezes, ela deixava sua amiga nova passar a noite e as duas riam até ficarem com soluço debaixo dos lençóis.

Então, um dia, a mãe da menininha veio lhe dizer que teria de deixar seu quarto e dormir em um quarto menor, em outro andar. Quando ela perguntou por quê, a mãe disse que era para sua própria proteção. Havia coisas que ela não devia ver, nem ouvir, nem saber.

A menininha fugiu. Durante horas andou por uma estrada com cheiro de laranja até que um homem com um grande chapéu redondo e um distintivo a encontrou e a levou para casa. Lá, ela lutou para recuperar seu quarto. A mãe cedeu, mas girou a chave na fechadura para mantê-la dentro do quarto à noite. Logo depois, foi mandada embora, para muito longe de coisas que não podem ser vistas, ouvidas, nem sabidas.

A não ser o homem que usava chapéu redondo e distintivo, ninguém a viu chorar. Ninguém nunca viu. Até hoje "aqueles olhos" estavam secos. Mas estavam também, pela primeira vez, vendo o mundo traiçoeiro que sua mãe conhecia. Tinha odiado a mãe por tê-la expulsado de seu quarto e, quando o xerife Buddy a trouxe de volta, May bateu no rosto dela com tanta força que o queixo de Christine roçou o ombro. A bofetada fez com que ficasse escondida embaixo da cama de L durante dois dias; então mandaram-na para a escola Maple Valley, onde definhou durante anos e onde uma mãe como May era um embaraço. Os professores de Maple Valley ficavam alarmados com negros atuantes, mas se arrepiaram abertamente quando leram as incoerentes cartas de May para o *Atlanta Daily World* sobre a "honra" branca e as desorientadas "manifestações pela liberdade". Christine ficava contente de o relacionamento entre elas se limitar a cartas que podia esconder ou destruir. Além de pequenas fofocas sobre hóspedes famosos, não havia nelas nada de interesse para uma menina de treze anos que tentava ser popular e, à medida que os anos iam passando, nem entendia mais as cartas. Christine podia rir da própria ignorância agora, mas na época era como se May escrevesse em código: CORE está fazendo um protesto em Chicago (quem seria, essa Cora?), Mussolini renunciou (renunciou a quê?), Detroit em chamas. Hitler matou Roosevelt ou foi Roosevelt que matou Hitler — de qualquer forma os dois morreram no mesmo mês. A maioria das cartas, porém, era sobre os feitos de Heed. Tramas, intrigas. Agora, ela finalmente entendia a mãe. O mundo que May conhecera estava sempre se desmanchando; seu lugar nele nunca era seguro. Filha de um pregador pobre, faminto, May via sua vida como dependente das pessoas de cor que só no mar balançavam o barco. Os acontecimentos iniciados em 1942 com o segundo casamento de seu sogro se acumularam rapidamente ao longo de toda a guerra e mesmo muito depois, até que, desorientada por sua luta contra um certo elemento em sua casa e além dela, passou a ser ridícula. No entanto, Christine achava que seus instintos, ainda que não seus métodos, estavam certos. O mundo dela havia sido invadido, ocupado, transformado em escória. Sem vigilância e proteção constante, ele escorregava de suas mãos, deixava seu coração palpitando, as têmporas latejando, a correr por uma estrada que havia perdido seus cítricos.

Todo mundo resolveu que sua mãe estava louca e especulava o porquê: a viuvez, o excesso de trabalho, a falta de sexo, o Comitê Estudantil pela Não-Violência. Não era nada disso. O problema de May era clareza. Em 1971, quando Christine voltou ao lar para o enterro de Cosey, a clareza da mãe vinha se acumulando havia anos. Tinha ido da mediana intensidade que chamavam de cleptomania para um total brilhantismo. Ela cobriu as janelas de seu quarto com chapas de compensado pintadas de vermelho por causa do perigo. Acendia fogueiras de vigilância na praia. Armou um banzé quando o xerife Silk lhe recusou a compra de uma arma. O pai do xerife, o chefe Silk, permitiria, mas o filho tinha outra posição a respeito de negros com armas, ainda que ambos quisessem matar as mesmas pessoas. Agora Christine se dava conta de que era profunda a compreensão que May possuía da situação. Tivera razão, em 1971, de fazer cara feia para o casaco militar falso de Christine, para a boina estilo Che, para o colante preto, para a minissaia. Afiada como dente de tigre, May identificou imediatamente o que estava acontecendo de fato, como ficava claro por suas roupas. As pessoas riram. E daí? O capacete do exército que May passara a usar era uma atitude autêntica e uma afirmação poderosa. Mesmo no enterro, tendo sido estimulada por L a trocá-lo por uma echarpe preta, ela ainda o levava debaixo do braço porque, ao contrário do que Christine achara na época, era verdade que a qualquer minuto se poderia precisar de proteção na zona ocupada pelo inimigo em que ela e agora Christine viviam. Naquela zona, a prontidão era tudo. Mais uma vez, Christine sentiu a imponderável amargura das duas últimas décadas subindo e descendo escadas para levar refeições que era orgulhosa demais para preparar mal, atravessando camadas de perfumes concorrentes, tentando não estremecer diante do olhar "vamos lá" da pintura acima da cama grotesca, catando roupas sujas, lavando a banheira, tirando cabelos do ralo — se isso não era o inferno, era a sala de espera.

Heed quis durante muito tempo internar May, mas o juízo de L, muito mais restritivo que o de Cosey, a deteve. Quando o menu foi lido como o "testamento" pelo qual foi tomado e a "esposa de Billy Boy" recebeu o hotel, Heed se levantou de um salto da cadeira.

"Para uma maluca? Ele deixa nossa empresa para uma maluca?"

A coisa ficou feia e assim permaneceu até o advogado dar um tapa na mesa e garantir a Heed que ninguém iria (ou poderia?) impedir que ela tocasse o hotel. Ela era necessária e, além disso, o marido havia lhe deixado a casa, o dinheiro. Momento em que May, ajeitando o capacete, dissera: "Como é que é essa droga aí?".

A discussão que se seguiu foi uma versão refinada das que já vinham fervilhando entre as mulheres desde o começo: cada uma delas havia sido desalojada pela outra; cada uma fazia uma cobrança única pelo afeto de Cosey; cada uma ou o "salvara" de algum desastre ou o livrara de um desastre iminente. A única diferença naquela discussão pré-enterro foi L, cujo silêncio de sempre, naquela ocasião, pareceu glacial porque não havia expressão em seu rosto, nenhuma escuta, nenhuma empatia — nada. Tirando vantagem da aparente indiferença de L, Heed gritou que pessoas instáveis não deviam ter permissão de herdar propriedades porque precisavam de tratamento "porfissonal". Só a chegada do agente funerário, anunciando a necessidade de partir imediatamente para a igreja, impediu que a mão de Christine virasse um punho fechado. Temporariamente, porém, porque depois, junto ao túmulo, vendo as lágrimas falsas de Heed, o tremor exagerado de seus ombros; vendo o pessoal da cidade tratá-la como a única que estava de luto e as duas mulheres Cosey de verdade como visitas não bem-vindas; zangada por ter sido frustrada sua tentativa de colocar os diamantes nos dedos de Cosey — Christine explodiu. Enfiou a mão no bolso, saltou para Heed com um braço levantado que L, tendo voltado repentinamente à vida, dobrou atrás de suas costas. "Eu conto", ela sussurrou para uma, para outra, ou para ninguém em particular. Heed, que enfiara o rosto no rosto de Christine assim que sentiu que era seguro, recuou. L jamais dizia alguma coisa à toa. Havia muitos detalhes em sua triste vida que Christine não queria ver expostos. Conseguia agüentar aversão, até o ridículo. Mas não piedade. Em pânico, fechou o canivete e trocou por um olhar gelado. Mas Heed — por que ela havia obedecido tão depressa? De que tinha medo? May, porém, entendeu o que era preciso e imediatamente ficou ao lado da filha. Deu um passo à frente com ímpeto felino, tirou o chapéu estilo *E o vento levou* da cabeça de Heed e jogou para o ar. Perfeito. Uma risada de alguém abriu um espaço no qual Heed procurou seu chapéu e Christine esfriou.

A exposição de mau gosto, o desrespeito egoísta pelos ritos devidos ao falecido que cada uma dizia honrar, enfureceu as pessoas e elas manifestaram isso. O que não contaram foi como devem ter se deliciado com o entretenimento à beira do túmulo, com boina, chapéu e capacete. No entanto, naquele momento, ao arrancar o chapéu idiota de Heed, ao descoroar a falsa rainha diante do mundo, May se tornara a clareza em sua forma mais extrema. Como acontecia quando eram meninas e May fazia de tudo para separar as duas. Ela sabia instintivamente que a intrusa era uma cobra: penetrando, solapando, maculando, devorando.

Segundo as cartas de May, já em 1960 Heed havia começado a procurar meios para colocá-la em uma casa de repouso ou num asilo. Mas nada que Heed fazia — nem espalhar mentiras, nem inventar ultrajes, nem procurar conselho em instituições psiquiátricas — conseguia forçar May a sair. Com L observando e sem um cúmplice, Heed fracassou. Foi forçada a agüentar a estonteante clareza da mulher que a odiava quase tanto quanto Christine. A guerra de May não terminou quando Cosey morreu. Ela passou seu último ano assistindo, em êxtase, às mãos ávidas de Heed lentamente se transformarem em asas. Mesmo assim, a solução de Heed para seus problemas com May havia sido boa e uma boa idéia dirigida à pessoa errada continuava sendo boa. Além disso, L fora embora. Hospitais eram mais hospitaleiros. E agora, com um pouquinho de persuasão, poderia haver uma cúmplice.

Pobre Mama. Pobre velha May. Continuar, proteger o que era dela, completamente louca, era só nisso que pensava. Marido morto; o hotel caindo aos pedaços dominado por uma raivosa rata de praia, ignorada pelo homem por quem se escravizara, abandonada pela filha a estranhas idéias, matéria de piada para os vizinhos — ela não tinha lugar e nada a dominar. Então reconheceu a guerra declarada contra ela e travou-a sozinha. Em *bunkers* de sua própria indústria. Em trincheiras que cavou junto a fogueiras de vigia na beira da praia. Uma inteligência mal compreendida moldando e controlando seu próprio ambiente. Pensando nisso agora, Christine via que seu passado desorganizado era resultado de preguiça — preguiça emocional. Sempre pensara em si mesma como feroz, ativa, mas, ao contrário de May, ela era apenas um morto que se ajustava a qualquer marcha que o motorista escolhesse.

Não mais.

O mar agora é o meu homem. Ele sabe quando recuar e curvar as costas, quando ficar quieto e simplesmente olhar uma mulher. Pode ser tortuoso, mas não é um homem de coração falso. Sua alma está lá no fundo e sofre. Eu presto atenção e sei tudo sobre ele. Esse tipo de entendimento só pode vir da prática e tive muita prática com Mr. Cosey. Pode-se dizer que eu sondei a mente dele. Não de cara, claro. Eu era uma menina quando fui trabalhar para ele — um homem casado com um filho e uma esposa doente que precisava de cuidado a cada minuto do dia e da noite. Ele disse o nome dela, Julia, tão macio que dava para sentir a ternura e também o sofrimento dele. O filho deles, Billy Boy, tinha doze anos quando Julia Cosey foi embora, e mesmo eu tendo só catorze, para mim foi a coisa mais natural do mundo ficar e cuidar dos dois. Só um coração grande como o dele podia cuidar daquele jeito da esposa e ainda sobrar tanto espaço. Quando Julia Cosey morreu, Mr. Cosey transferiu todo o sentimento que tinha para o filho. Sorte dele, o menino possuía aquela percepção que as crianças espertas usam com os mais velhos para continuar importantes. Não fazendo o que dizem, mas entendendo o que os outros querem de verdade. Um papai pode dizer "Se defenda sozinho, menino", quando o quer dizer é "Não me envergonhe: vá em frente e erre". Ou ele pode dizer "Vou ensinar para você como é o mundo", quando quer dizer "Morro de medo de você". Não sei o que Mr. Cosey disse para o filho sobre esses assuntos, mas, fosse o que fosse, Billy Boy entendeu que queria dizer "Seja algu-

ma coisa que me dê motivo para levantar de manhã; me dê alguma coisa para fazer enquanto vou remando". Então, não interessava muito se ele era um filho muito bom ou ruim mesmo. Ele só precisava ser interessante. Só por sorte, eu desconfio, ele escolheu a bondade. Mr. Cosey ficava contente com tudo o que Billy Boy fazia e dizia. Despejava dinheiro em cima dele e o levava para toda parte. Com o cabelo repartido no meio e um boné igual ao do pai — que dupla os dois deviam formar. Um dando uma aparada na cadeira do barbeiro, o outro no banco conversando com os clientes; sentados na arquibancada nos jogos da Eagle, em banquinhos dobráveis nas competições de canto, em mesas estreitas em bares do interior onde tocavam os músicos mais dotados. Dormiam em pensões ou simplesmente batiam numa porta. Mr. Cosey dizia que queria que Billy Boy visse os homens gozar a perfeição do seu trabalho, então iam até a rua Perdido para o King Oliver, até Memphis para os Tigers, até Birmingham para os Barons. Ficavam olhando os cozinheiros examinarem os produtos do mercado, os pescadores separarem ostras, os bartenders, *os malandros dos salões de bilhar, os batedores de carteira e os maestros de coro. Tudo era uma lição de trabalho para um homem que tinha orgulho do que fazia. Mr. Cosey dizia que isso era a verdadeira educação da vida, mas para mim parecia mais gazetear a escola do pai dele. Um jeito de escapar das lições que Dark ensinara para ele.*

Essa embriaguez de atenção não mimou o menino. Ele sabia os seus deveres e se empenhava neles, era capaz de sorrir mesmo quando o pai se gabava dele na frente dos amigos sonolentos. Gabava o braço dele com uma bola, a calma que tinha numa emergência. Como tinha extraído um prego torto da bochecha de uma menina pequena melhor que qualquer médico. Essa eu mesma vi. Fui levar o almoço que eles queriam um dia quando estavam perdendo tempo na praia — atirando pedregulhos no mar com um taco de beisebol. Um pouco mais adiante, uma menina, de uns nove, dez anos, estava jogando a linha nas ondas. Para quê, ninguém sabe. Nada que tem escama chega tão perto assim da costa. Em algum momento, o vento virou e o anzol feito em casa se enganchou nela. Os dedos da menina estavam pingando sangue quando Billy Boy chegou perto. Ele foi bem habilidoso e ela ficou agradecida, parada lá cobrindo a cara com a mão sem uma lágrima, um gemido. Mas nós a levamos de volta para o hotel mesmo assim. Fiz com que sentasse no gazebo, limpei a cara dela e passei aloé e mel na ferida, esperando que fosse bem resistente contra tétano. Com o tempo, como sempre, Mr. Cosey engordou a história. Dependendo do que estava sentindo e da platéia, a gente pensava que a menina estava quase sendo arrastada para a água por um peixe-espada, se Billy Boy não tivesse socorrido. Ou que ele tinha tirado um anzol do olho de uma bebezinha. Billy sorria com esses exageros, adorava mentira e aceitava os conselhos do pai em tudo, até no casamento: casar com moça devota, não calculista. Então Billy Boy escolheu May, que, como todo mundo podia perceber, não ia nem romper, nem interferir na ligação que existia entre pai e filho. Mr. Cosey ficou alarmado, no começo, de não ser informado da escolha do filho, mas sossegou quando a noiva não só se mostrou impressionada com o hotel, como também deu sinal de entender do que homens superiores precisam. Se eu era empregada naquele lugar, May era uma escrava. A vida dela era garantir que aqueles homens Cosey tivessem tudo que queriam. O pai mais do que o filho; o pai mais do que a própria filha dela. E o que Mr. Cosey, viúvo, queria em 1930 devia ser impossível. Foi o ano em que o país inteiro começou a viver do Fundo de Assistência do mesmo jeito que o povo de Up Beach — quer dizer, quando tinham sorte. Senão, se matavam e punham o pé na estrada. Mr. Cosey, porém, levou vantagem. Comprou um clube "só para brancos" falido em Sooker Bay, de um homem honesto ao ponto de dizer que tinha jurado por Deus e para o pai dele que nunca ia vender o lugar para negros, mas que ficava muito contente de romper o juramento e levar a família embora daquela calçada de furacões infestada de passarinhos. Quem haveria de pensar que na mordida da Depressão gente de cor ia querer tocar e, se tocassem, quem ia poder pagar por isso? Mr. Cosey, ele sim. Porque sabia o que todo tocador de gaita na esquina da rua sabe: onde tem música, tem dinheiro. É só olhar as igrejas se alguém duvida. E ele acreditava em outra coisa também. Se os músicos de cor fossem bem tratados, bem pagos e mimados, um ia falar para o outro daquele lugar onde podiam entrar pela porta da frente, não pela entrada de serviço; comer no restaurante e não na cozinha; sentar junto com os hóspedes, dormir em camas, não nos carros, ônibus ou em algum armazém do outro lado da cidade. Um lugar onde seus instrumentos estariam seguros, os drinques sem água, seus talentos reconhecidos, de forma que não teriam de ir a Copenhague ou Paris para ganhar elogios. Tropas de gente de cor iam pagar para estar naquela atmosfera. Os que tivessem dinheiro pagariam; os que não tivessem arranjariam. É consolo para todo mundo pensar que todos os negros são pobres de tudo e ver os que não são, que ganharam um bom dinheiro e guardaram, como algum tipo de milagre vergonhoso. Gente branca gostava dessa idéia porque fica nervosa com negros com dinheiro e com cabeça. Gente de cor gostava porque, naquela época, confiava na pobreza, acreditava que era uma virtude e um sinal seguro de honestidade. Dinheiro demais tinha um cheiro de maldade e de sangue alheio. Mr. Cosey não ligava para isso. Queria um parque de diversões para gente que sentia como ele, que estudava jeitos de contradizer a história.

Mas tinha de ser especial: roupa de noite de noite; roupa esporte para esporte. E nada de jaquetão cafajeste. Flores nos quartos, cristais na mesa. Música, dança e, se você quisesse, podia entrar em um jogo de cartas particular, em que o dinheiro mudava de mãos entre poucos amigos — músicos, médicos que gostavam da emoção de perder o que a maioria das pessoas não conseguia ganhar. Mr. Cosey estava no céu então. Gostava de roupas de George Raft e de carros de gângster, mas usava o coração como Papai Noel. Se uma família não podia pagar um enterro, ele tinha uma conversinha com o agente funerário. A amizade dele com o xerife tirou muitos filhos das algemas. Durante anos e sem dizer uma palavra, cuidou das contas do médico de uma vítima de ataque e da mensalidade da faculdade da neta dela. Naquela época, tinha mais devotos que ciumentos e o hotel se aquecia no brilho dele.

May, filha de boa índole de um pregador, foi criada no trabalho duro e no dever e se dedicou ao negócio como uma abelha no pólen. No começo, nós duas cuidávamos da cozinha, enquanto Billy Boy atendia o bar. Quando ficou claro que a rainha do fogão era eu, ela passou a cuidar da arrumação, da contabilidade, das compras, e o marido contratava os músicos. Acho que mereço metade do crédito pelo jeito como o hotel cresceu. Comida boa e Fats Waller é uma combinação que só acontece uma vez na vida. Mesmo assim, tinha de admirar May. Era ela que arrumava tudo, cuidava da roupa de cama, pagava as contas, controlava os empregados. Nós duas éramos como a parte de trás de um relógio. Mr. Cosey era o mostrador dizendo que a hora era agora.

Enquanto nós éramos as únicas duas mulheres, tudo corria bem. Foi quando as meninas entraram em cena — Christine e Heed — que as coisas começaram a entrar em choque. Ah, eu conheço as "razões" dadas: o cheiro da fábrica de conserva, os direitos civis, a integração. E May ficou mesmo estranha em 1955, quando aquele rapaz de Chicago tentou agir como homem e foi espancado até a morte por seu esforço. A reação do Mississippi com a dessegregação ou qualquer outra coisa que murchasse o sexo deles. Todo mundo tremeu com o que fizeram com aquele ra-

paz. Tinha uns olhos tão brilhantes. Mas para May foi um sinal. Fez com que fosse até a praia, onde enterrou não só a escritura, como uma lanterna e sabe Deus o que mais. Qualquer dia daqueles algum negro ia se encher de servir brancos, ia dar-lhes uma desculpa para enforcar alguém e fechar o hotel. Mr. Cosey desprezava a preocupação dela. Acho que mexia muito com ele. Como cresceu criado por um pateta, dava sempre o máximo. Prosperando ou não, o declínio começou muito antes de 1955. Eu previ isso em 1942, quando Mr. Cosey estava ganhando dinheiro feito água e o hotel era uma vitrine. Está vendo aquela janela ali? Dava para o paraíso, um paraíso que eu e May fizemos, porque, quando Billy Boy morreu, Mr. Cosey comprou a cadeira de barbeiro onde os dois se alternavam e durante um ano e tanto só ficou sentado nela. Depois, de repente, ele se reanimou, encomendou uns talheres finos e se juntou com a gente para conservar o hotel como a casa noturna de que o pessoal tanto gostava. Bonito, o desgraçado. Mesmo naquela época, quando os homens usavam chapéu — e um homem de chapéu fica tão bem —, ele era uma coisa de se ver. As mulheres iam atrás dele por toda parte e eu ficava de olho bem aberto para ver quem Mr. Cosey ia escolher. Os dois Cs entrelaçados nos talheres me preocuparam porque eu achava que ele não levava a sério mulheres que não eram sérias. Mas se o duplo C queria dizer Celestial Cosey ele devia estar ficando louco. Mesmo assim, eu quase caí da cadeira em 1942, quando Mr. Cosey de fato escolheu. Diziam que ele queria ter filhos, um monte de filhos, para encher o espelho dele do jeito que Billy Boy enchia. Para ser mãe, só uma moça sem uso podia servir. Depois de brincar um pouco por aí, Mr. Cosey acabou no lugar mais provável de se fazer bebê e menos provável para uma virgem. Up Beach, onde o obituário de toda mulher dizia "Morte por parto". Foi o casamento com Heed que assentou o alicerce para a ruína. Sabe, ele escolheu uma garota já falada. Não prometida a ninguém pe-

los pais. Aquela escória entregou a filha como se entrega um filhote de cachorro. Não. A meu ver, ela pertencia a Christine e Christine pertencia a ela. Enfim, se Mr. Cosey estava pensando em mudar o sangue que um dia tentou corrigir, ele falhou. Heed nunca lhe deu nenhum herdeiro e, como a maioria dos homens, ele achava que o problema era com ela. Esperou alguns anos de casamento antes de voltar para a favorita, mas para Celestial ele voltou. Era de se pensar que, como uma das mulheres dele tivera um ataque depois de rolarem na areia, ele ia evitar a praia como lugar de divertimento. Mas não evitou. Até passou a noite de núpcias na praia, o que prova o quanto ele gostava disso. Com bom ou mau tempo. Eu também.

Os mosquitos não gostam do meu sangue. Houve tempo em que eu era tão jovem que me ofendia com isso, não entendia que a rejeição podia ser uma bênção. Então dá para entender por que eu gostava de ir a pé para casa pelo caminho da praia, por pior que estivesse o tempo. O céu agora está vazio, apagado, mas naquela época a Via Láctea era comum feito poeira. A luz dela deixava tudo glamouroso como filme preto-e-branco. Tanto faz o lugar da gente na vida ou o que a gente está sentindo, ter um céu crivado de estrelas como parte da noite faz a pessoa se sentir rica. E tinha também o mar. Os pescadores dizem que lá embaixo tem vida que parece véu de casamento e cordas de ouro com olhos de rubi. Dizem que alguns seres do mar fazem pensar em colarinhos de professor de escola ou guarda-sol feito de flores. Era nisso que eu estava pensando numa noite quente, depois de uma comemoração de aniversário atrasada. De vez em quando, sempre que sentia vontade, eu ficava na casa da minha mãe em Up Beach. Estava indo para lá essa noite, cansada como uma mula, quando vi Mr. Cosey com os sapatos na mão andando para o norte, voltando para o hotel. Eu estava na linha da grama, esperando pegar uma brisa bem forte para tirar a fumaça e o cheiro de açúcar do meu uniforme. Ele estava mais embaixo, chapinhando nas ondas. Levantei a mão e ia chamar, mas alguma coisa — o jeito da cabeça, talvez, ou uma espécie de reserva em volta dele — me segurou. Queria chamar a atenção dele, mas, cansada e ainda abalada, continuei andando. Um pouco adiante, vi mais alguém. Uma mulher sentada numa manta, massageando a cabeça com as duas mãos. Fiquei ali enquanto ela levantava, nua como a verdade, e entrava na água. A maré estava vazante, de modo que ela teve de andar bastante tempo até a água bater na cintura. Nuvens altas, esfarrapadas, passaram na frente da lua e me lembro de como meu coração batia forte. Os Cabeças-de-polícia estavam em ação naquela época. Já tinham afogado os meninos dos Johnson, quase mataram a moça da fábrica de conservas e quem sabe o que mais tinham em mente. Mas aquela mulher continuou entrando na água escura e dava para saber que não tinha medo deles — nem de nada — porque ela se espreguiçou, estendeu os braços e mergulhou. Me lembro daquele arco melhor do que me lembro do dia de ontem. Sumiu durante um tempo e eu prendi a respiração pelo tempo que ela sumiu. Por fim, voltou à tona e eu respirei de novo, olhando-a nadar de volta para o raso. O cabelo, achatado quando ela entrou, subiu devagar e ficou com a forma das nuvens que passavam na frente da lua. Depois ela — bom, soltou um som. Até hoje não sei se era uma palavra, um canto ou um grito. Só sei que era um som que senti vontade de responder. Mesmo sendo normalmente mais quieta que uma pedra, Celestial.

Não nego a beleza irresistível dela — era mesmo de ficar na cabeça — e, apesar do jeito com que ganhava a vida me deixar triste, ela fazia isso de maneira tão calada, reservada, que dava para achar que era uma enfermeira da Cruz Vermelha. Vinha de uma família inteira de mulheres de zona, se bem que, ao contrário delas, nunca entendeu a atração fatal dos dentes de ouro. Os dela eram brancos como neve. Quando Mr. Cosey mudou — bom, limitou — a lista de clientes dela, nenhum dos dois conseguiu quebrar o encantamento. E o túmulo não mudou nada.

Posso ver meu homem da varanda. Quando anoitece principalmente, mas ao amanhecer também, quando preciso ver os ombros dele com uma gola de espuma do mar. Antes tinha cadeiras de palha branca aqui, onde mulheres bonitas tomavam chá gelado com uma gota de Jack Daniel's ou Cutty Sark. Não sobrou nada, então sento nos degraus ou apóio os cotovelos no balaústre. Se ficar bem quieta e ouvir com cuidado, consigo escutar a voz dele. Com toda aquela força, era de se pensar que ele fosse baixo. Mas não. Meu homem é tenor.

5. AMANTE

Sandler admitiu que podia ter imaginado a expressão, mas não o brilho. Isso era positivo. Vida não dava crédito a nenhuma das duas coisas. A prova, sentia, estava no andar do neto. Fosse qual fosse o sinal, ambos concordavam que Romen estava interessado em alguém, talvez até saindo com alguém. Gostavam desses termos — "interessado", "saindo" —, sugeriam meramente olhar, acompanhar. Não o acasalamento furioso que produzia aquele ar inconfundível que Sandler acreditou ter detectado e um úmido fulgor que reconheceu de imediato. Mas Vida tinha razão sobre o andar. Romen havia desenvolvido uma espécie de altivez no lugar do antigo arrastar de pés. De seus sentimentos — resignação, orgulho, alarme, inveja —, Sandler escolheu focar o último, tentando evocar a lembrança do fogo adolescente, do escudo de bem-estar criado pela sensação de estar saciado. Lembrou-se de sua expedição de virgem (agora livre da vergonha) como uma ferocidade que nunca se reduzira a um prazer rotineiro. A passagem de Romen podia ser tão celebrável quanto invejável e, embora fosse provavelmente terminar em bobagem ou em tristeza, parecia injusto cortar a pose do menino enquanto estava fresca. Acreditava que oprimi-lo agora — introduzindo a vergonha ao lado de conselhos sadios — poderia perverter futuros encontros sem impedi-los. Então ficou observando os novos movimentos, a atenção com a higiene, o sorriso esperto substituindo as gargalhadas e os risos irônicos, o tom condescendente quando falava com Vida. Acima de tudo, ele admirava a beleza da pele, além da maturidade que Vida notara no andar. Gostou também do fato de Romen ter parado de sacudir a perna e pôr a mão na virilha a toda hora daquele jeito detestável que indicava mais "carência" que "potência". Deixa ele se exibir um pouco, Sandler pensou. Senão poderia acabar perseguindo mulheres feito um cachorro a vida inteira. Sempre à espreita para repetir aquela primeiríssima vez, podia acabar como Bill Cosey havia acabado, perdendo horas entre os cotovelos de mulheres de cujos nomes não se lembrava e cujos olhos evitava. A não ser uma. Não sendo ela, Cosey disse, nunca se sentia ligado a mulher nenhuma. Sua adorada primeira mulher achava os interesses dele cansativos, o apetite dele abusivo. Ele então escolheu o panorama que via nos olhos das mulheres locais, das veranistas, das vocalistas ligeiramente bêbadas cujos namorados não tinham vindo na excursão. Assim acolchoado e aplacado, dispensou a mulher de suas aulas, deu-lhe o passe livre que queria. Ou, nas palavras do próprio Cosey, "quando os filhotes dormem, o leão sai de fininho".

"Está errado", Sandler respondeu. "Os leões se acasalam para a vida toda."

"Eu também", disse Cosey, rindo mansamente. "Eu também."

Talvez, pensou Sandler, mas era um acasalamento que não havia mudado os hábitos de solteiro de Cosey, que, depois de anos como viúvo bom partido, esperava encerrar casando com uma garota que pudesse educar a seu gosto. E se isso havia funcionado para ele conforme o plano, Cosey podia limitar sua atividade no barco a peixes fisgados com anzol e não com a carteira. Sandler passara a gostar dessas expedições de pesca. Ainda na casa dos vinte anos, não gostava da companhia de homens mais velhos, mas desde que seu pai se mudara... claro, não era igual a estar com seu pai, mas a conversa entre eles ficou mais fácil. Molhando uma bola de algodão em gordura de bacon, Sandler dera um sorriso e dissera: "Meu pai me ensinou isto".

Cosey olhou a isca. "Você e ele são próximos?"

"Bastante."

"Ainda está vivo?"

"Ah, está. No norte, com minha irmã depois que minha mãe morreu. Velhos se sentem melhor com as filhas. Moça nova é mais fácil de oprimir." Controlou-se e tentou consertar, para o caso de Cosey se ofender. "Eu queria que ele ficasse conosco. Quer dizer, a casa em que a gente vive é dele. Ele é muito teimoso, mas deve ter suas razões."

"Pais podem ser difíceis", Cosey retrucou, sem se afetar, ao que parece, pelo comentário sobre velhos e moças.

"O seu não era. Ouvi dizer que deixou para o senhor um baú de dinheiro. É mesmo?"

"Bom, tinha de deixar para alguém."

"Meu velho também foi bom comigo", disse Sandler. "Não com dinheiro. Nunca teve nada, mas eu podia sempre contar com ele e ele sabe que pode contar comigo para tudo."

"Eu odiava o meu."

"Verdade mesmo?" Sandler estava mais surpreso com a franqueza que com o fato.

"Verdade mesmo. Ele morreu no dia de Natal. O enterro foi como um presente para o mundo."

Era assim a conversa deles quando os dois estavam a sós. A

única vez em que foi convidado para uma das famosas festas no barco de Cosey, Sandler prometeu a si mesmo, depois, que nunca mais iria de novo. Não só por causa da companhia, embora fosse incômodo ser simpático com homens brancos de meia-idade, um dos quais estava armado; os negros abastados também o faziam se sentir deslocado. As risadas eram fáceis, sim. E as três ou quatro mulheres que as provocavam eram agradáveis. Era a conversa, o tom, a mentira, que ele não conseguia engolir. Conversa era combustível para alimentar a grande ilusão: o mundo alternativo inventado no barco; o mundo real deixado de lado por algumas horas para as mulheres poderem dominar, os homens poderem rastejar, os negros poderem insultar brancos. Até atracarem. Então o xerife podia colocar a insígnia de novo e chamar o médico negro de moleque. Então as mulheres tiravam os sapatos porque tinham de voltar a pé para casa sozinhas. Uma mulher da festa se manteve reservada, sóbria, ligeiramente repreensiva. Afastando habilmente qualquer avanço, ela não levantava nem questões, nem a temperatura. Quando Sandler perguntou sobre ela, Cosey disse: "O homem consegue viver com qualquer coisa se tem a coisa com que não consegue viver sem". Evidentemente, ela era isso e, na fotografia de onde o retrato dele foi pintado, Sandler sabia que Cosey estava olhando para ela. Pendurado uma época atrás da mesa de Vida, depois acima da cama de Heed Cosey, o rosto tinha um ar que ele reconheceria em qualquer parte. Um ar que Romen estava adquirindo: primeira posse. Sandler sabia que às vezes a primeira era também a última, e Deus ajude o menino se ele se amarrou com uma mulher em quem não pode confiar.

Mas isso era a sua visão de homem. Vida certamente leria a coisa de um jeito diferente. A grande questão agora era: quem? Quem era a garota que havia lustrado a pele e lubrificado o andar do menino? Romen não ia a festas, ficava em casa quando mandavam, não recebia amigos em casa. Talvez fosse mais velha, uma mulher-feita com tardes livres à disposição. Mas os fins de semana de Romen e as noites depois da escola eram cheios de tarefas. Que tempo tinha ele? Sandler colocou essa questão para Vida, que estava insistindo com ele para falar com Romen.

"Preciso saber quem é antes de fazer um sermão", disse ele.

"Que diferença faz?"

"Quer dizer que você está contente com os lençóis dele?"

"Deixe que eu cuido da roupa suja", disse Vida. "Você cuide das doenças venéreas. Coisa que, por sinal, não vem com uma biografia. Trabalho num hospital, lembra? Não faz idéia das coisas que eu vejo."

"Bom, vou descobrir quem é ela."

"Como?"

"Vou perguntar para ele."

"Sandler, ele não vai contar para você."

"Tem de ter um jeito. A cidade é pequenininha e não quero ficar esperando até o pai ou o irmão de alguém vir bater na minha porta."

"As pessoas não fazem mais isso. Isso era na nossa época. Você foi bater na porta de Plaquemain quando ele estava atrás da Dolly?"

"Teria ido, se você não tivesse ficado louca pelo rapaz assim que ele entrou pela porta."

"Fala sério. Plaquemain tinha dois anos de faculdade. Ninguém por aqui chegava aos pés dele."

"Muito obrigado por me lembrar. Pensando bem, quem sabe a gente devia deixar essa história para o pai universitário dele resolver. Quando eles chegam?"

"Dolly disse que no Natal."

"Está vendo? Só três semanas."

"A menina pode engravidar até lá!"

"Pensei que você estava preocupada com doença venérea."

"Estou preocupada com tudo!"

"Ora, Vida. O menino não fica na rua até tarde; se livrou daqueles amigos vagabundos e você não tem mais de arrancar ele da cama para ir para a escola. Fica pronto antes de você e trabalha bem, está firme nas Cosey. E com horas extras."

"Ah, meu Deus", disse Vida. "Ah, meu Deus."

"O quê?" Sandler olhou a mulher e caiu na gargalhada. "Você perdeu a cabeça, mulher."

"Hã, hã", disse ela. "Não perdi não. E 'firme' é a palavra certa mesmo."

De repente, Sandler viu as coxas subindo das botas pretas altas e imaginou de novo como a pele estaria gelada ao toque. E macia.

As botas, provavelmente, que ela nunca tirava, deixavam Romen mais louco que a nudez — na verdade, a deixavam mais nua do que se as tivesse tirado. Então pareceu natural roubar o quepe do uniforme de vigia de segurança do avô. Era cinza, não preto para combinar com as botas, mas tinha um visor brilhante, e quando ela colocou na cabeça e parou ali só de quepe e botas, Romen entendeu que seu impulso estava certo. Todos os seus impulsos estavam certos agora. Tinha catorze anos e estava transando com uma mulher de dezoito, talvez vinte anos. Ela não só o queria; ela o exigia. O desejo dela era igual ao dele e o dele era sem fundo. Mal podia lembrar de si mesmo antes de 12 de novembro. Quem era aquele fresquinho chorando embaixo do travesseiro por causa de uns babacas? Romen não tinha mais tempo para aquele personagem ranhento. Os corredores da Escola Bethune eram pistas de desfile; a multidão nos armários, platéia para um príncipe. Nada de se esgueirar pelas paredes ou de buscar a segurança nas multidões. E nenhum toque de trombeta. Era simples assim.

Ao se aproximar dos armários naquele primeiro dia, eles perceberam. E para os que não perceberam, ele contou — de certo modo. Qualquer um que precisasse ficar bêbado, ou amarrar alguém, ou depender da companhia de um rebanho, era um babaca. Dois dias antes, Theo o teria jogado contra a parede. Mas em 13 de novembro, Romen tinha novos olhos, olhos que avaliavam e desafiavam. Os meninos arriscaram umas gracinhas meio frouxas, mas o sorriso de Romen, lento e esperto, os desequilibrou. A consagração veio das meninas. Sentindo alguma coisa potente nas maneiras dele, elas paravam rolando os olhos e reprimindo risos. Depois arqueavam as costas, jogavam os ombros para trás em grandes e fingidos bocejos. Então lançavam olhares tipo pergunta-e-resposta para o lado dele. Romen não tinha só mandado ver, tinha mandado ver com alguém importante. Uma professora, será? A irmã mais velha de alguém? Ele não dizia — resistiu até ao "sua mãe" que lhe subiu aos lábios. De qualquer forma, agora podia levantar a cabeça. E quando não estava esticando o pescoço, estava olhando pela janela da classe, sonhando com o que já havia acontecido e imaginando novas maneiras de fazer aquilo. As botas. As meias pretas. Com o quepe de segurança ela ia ficar parecendo um oficial. Duro como pedra, Romen arrumou a carteira e tentou se concentrar na Décima Oitava Emenda que a professora estava explicando com tanta intensidade que ele quase entendeu. Como podia se concentrar em uma lição de história quando o rosto de Junior era um estudo? Os seios dela, as axilas, exigiam exploração concentrada; a pele exigia uma análise mais detalhada. O perfume dela era floral ou mais parecido com chuva? Além disso, tinha de recordar os trinta e oito jeitos como ela sabia sorrir e o que cada um significava. Precisava de um semestre inteiro para desvendar aqueles olhos de ficção científica: as pálpebras, os cílios, as íris tão pretas e brilhantes que podiam ser de uma alienígena. Uma alienígena que ele era capaz de matar para se juntar a ela na espaçonave.

Junior tinha o uso do carro das Cosey. Para ir às compras, ao banco, ao correio, fazer coisas que Mrs. Cosey precisava que fossem feitas e que Ms. Christine não queria fazer. Então se ele matasse a sexta aula, ou se o horário da sala de estudo fosse antes do almoço, Junior o pegava na rua Prince Albert e os dois iam para um dos lugares pré-planejados. O plano (dela) era fazer em todo lugar. Mapear o condado deitando e rolando. Na lista, mas ainda não realizadas, estavam a Escola Bethune (de preferência em uma classe), o cinema multiplex, a praia, a fábrica de conservas abandonada e o hotel. A cabine telefônica da rua Baron perto do Softee's era a favorita dela, e até agora só haviam realizado uma única aventura fora do quarto dela — uma aventura no banco de trás do carro no estacionamento do Café Ria. Hoje, iam se encontrar atrás da Videoland, para um amasso rápido antes de ela levá-lo para a rua Monarch, onde ele ia tirar folhas dos ralos. Depois o levaria para casa, talvez com uma parada em outra cabine telefônica no caminho. Por mais excitante que fosse esperar toda aquela viagem, por mais indelével que a cidade estivesse se tornando (ele de certa forma era dono do Café Ria agora, e de Theo também), nada era mais forte que a visão de Junior de pernas abertas na cama, de botas, quepe, com um visor que deixava seus olhos na sombra. Theo, Jamal e Freddie podiam ficar com qualquer garota de festa da décima série e de saltos plásticos que pudessem encontrar. Qual era a coragem disso? Nenhum braço apertando além dos deles mesmos. Acima de tudo, nenhuma privacidade. Em vez disso, precisavam do coro de cada um deles para lhes dar força, fazer a coisa real, ajudar a diminuir o grito da trombeta em seus ouvidos. O tempo todo fazendo aquilo não pela garota, mas pelo outro, talvez até para o outro. Ele, por sua vez, pegava e mordia, tinha uma mulher só sua, uma mulher que ia e arrebatava a privacidade bem no meio do público cego e idiota.

Romen levantou os olhos para o relógio. Dois minutos — uma eternidade — para tocar a campainha.

Junior deixou o motor funcionando. Não tinha carteira de motorista e queria estar pronta para ir embora se fosse vista por um patrulheiro. Estava com fome de novo. Duas horas antes havia comido quatro tiras de bacon, torrada e dois ovos. Agora pensou em comprar hambúrgueres e milk-shakes no Softee's para levar para a Videoland. Podia fazer duas coisas ao mesmo tempo. Até três. Romen ia gostar e o Bom Homem também. Às vezes, ele ficava sentado aos pés da cama — contente de olhá-la dormir e, quando ela acordava, ele dava uma piscada antes de sorrir e se afastar. Engraçado como ser vista o tempo inteiro, observada dia e noite na Correcional a deixara furiosa, mas ser olhada por seu Bom Homem a deliciava. Não precisava virar a cabeça para saber que o pé dele estava no estribo da porta e que os dedos tamborilavam num peitoril de janela. A loção pós-barba anunciava a sua entrada. E se ficasse bem quietinha, ele podia sussurrar: "Bonito cabelo", "Pegue", "Boa menina", "Bons peitos", "Por que não?". Mais compreensivo que qualquer boneco dos Comandos em Ação. Sua sorte estava durando: um lugar gostoso e quentinho para ficar, muita comida boa de verdade, um emprego (com salário) — mais do que ela esperava quando, por causa da idade, teve de ser libertada da Correcional. Mas o brinde de Romen era como um sinal de mais na frente de um A. Como os que tirava quando era estudante modelo. Considerada modelo até fazerem parecer que ela havia matado o homem. Por que faria isso? Estragar tudo quando estava a ponto de se formar.

Matar o Administrador não era o que tinha na cabeça — detê-lo, sim. Algumas meninas gostavam das Conferências dele; trocavam isso por Trabalho de Escritório, roupa de baixo sexy, excursões para fora do campus. Mas ela não. Junior, já premiada por sua capacidade na digitação, sempre tinha trabalho de escritório. Além disso, roupa de baixo de algodão estava muito bom; e a emoção das expedições fora do campus era estragada pelos olhos vigilantes do pessoal da cidade quando elas passavam pelos corredores, ou apoiavam os cotovelos no balcão do Burger King. Enfim, ela conseguia seu sexo no Campus A ou com alguma menina chorando para ir para casa. Quem queria ou precisava de um velho (ele devia ter trinta anos, pelo menos) que usava gravata vermelha larga apontando para um pênis que não podia competir nem com vegetais crus, sabonetes, objetos de cozinha, pirulitos ou qualquer coisa que garotas inventivas pudessem imaginar?

A Conferência de Saída estava marcada para sexta-feira, e quando ele mudou para segunda, quatro dias antes, Junior achou que havia um prêmio ou uma oferta de trabalho em discussão. Aos quinze anos, estava livre para ir embora, purgada da maldade que a tinha jogado ali, para voltar a sua família, da qual nenhum membro a visitara em três anos inteiros. Não tinha nenhuma intenção de voltar para o Assentamento. A Correcional a havia salvado deles. Mas não queria ver o mundo fora do Assentamento; o mundo televisionado, o mundo de que falavam os novos alunos da Correcional. A vontade de sair teria impedido qualquer infração de último minuto; seu reconhecido bom comportamento teria desarmado isso. Mesmo assim, o Comitê se recusou a acreditar nela, preferiu acreditar no Administrador e no Orientador Educacional que sabiam mais.

A Conferência de Saída começou ótima. O Administrador, relaxado e falante, descreveu o que esperava da Correcional para ela. Foi até as portas corrediças que davam para um pequeno balcão, convidou-a para sair com ele e admirar as árvores grandes em torno. Apoiou-se na grade e sugeriu que ela fizesse a mesma coisa, cumprimentou-a, insistiu para que mantivesse contato. Ele estava ali para ela. Sorrindo, disse que ela podia, talvez, querer cortar o cabelo antes de ir. "Cabelo tão bonito, rebelde." Tocou seu cabelo, dando tapinhas afetuosos em sua cabeça primeiro e depois, chegando mais perto, apertando. Forte. Junior caiu de joelhos e, enquanto o Administrador estava com as mãos ocupadas desabotoando, as dela foram para a parte de trás dos joelhos dele e o viraram por cima da grade. Ele caiu um andar. Só um. O Orientador Educacional, que o viu cair e correu em seu socorro, viu também o cinto solto e a braguilha aberta. Seu testemunho, arranjado, claro, para manter o emprego, apoiava o Administrador, que estava tão confuso e perplexo como todo mundo com o "súbito, estranho, autodepreciativo comportamento" da estudante modelo de antes. O Comitê, incomodado com o uso que Junior fez da palavra "lamber" em sua defesa, depressa a transferiu de estudante para interna por uma violência que só podia receber deles um abanar de cabeça.

Junior aprendeu muito nos três anos seguintes. Se algum dia teve uma idéia momentânea de que depois da Correcional ia fracassar na vida, essa idéia logo evaporou. Reforma, depois Prisão, refinaram sua percepção. Na Correcional o tempo real não passa; ele é depositado, pedacinho por controlável pedacinho. O que fazer durante os próximos trinta minutos, dez minutos. Leva sete minutos para fazer as unhas; doze para lavar o cabelo. Um minuto e meio para ir do ginásio para a classe. Jogos, noventa minutos. Duas horas de televisão antes de as luzes apagarem e os anos caindo de sono, acordada para o "lá" do corpo dos outros. Ao contrário do que as pessoas pensavam, na grade diária de atividades, planejar era fatal. Estar sempre pronta, na ponta do pé. E ler depressa: gestos, olhos, bocas, tons de fala, movimentos de corpo — mentes. Calcular o momento. Reconhecer uma oportunidade. Tudo é com você. E se você tem sorte, se vê perto de uma carteira, de uma janela, de uma porta aberta, CORRA! Tudo é com você. Tudo. Boa sorte se encontra, mas boa chance se faz. E seu Bom Homem concordou. Como ela bem sabia desde o começo, ele gostava de vê-la ganhar.

Eles se reconheceram na primeira noite, quando ele olhou para ela do retrato. Mas foi em sonho que se conheceram. Sem espalhafato, sem aborrecimento, sem recriminações — ele a levantou até os ombros, onde ela foi montada por um pomar de maçãs Granny verdes. Quando acordou em um quarto luminoso, frio, o calor do sonho era melhor que o cobertor. Um banho de banheira (afinal) antes de subir empenhadamente a escada em parte para mostrar à nova patroa como era pontual; sobretudo para dar mais uma olhada nos ombros do Bom Homem. Heed estava sentada na cama, o alto da cabeça logo abaixo do ouro da moldura. Junior disse que não queria ir buscar suas roupas — que usaria o que tinha até poder comprar coisas novas. Heed mandou que fosse a um armário onde havia um conjunto vermelho pendurado dentro de um plástico. Era feio e grande demais, mas Junior estava pensando o quanto queria se despir ali mesmo, no quarto de Heed, com ele olhando.

"Vá tomar café e volte logo depois", disse Heed.

Ela obedeceu: *grapefruit*, ovos mexidos, bacon, mingau de aveia — conversando com Christine, usando o conjunto de velha.

Foi depois de terminar, voltando para Heed, que teve certeza. No corredor do segundo andar foi inundada pela companhia dele: um retinir de alegria, uma promessa de mais; depois sua atenção foi para a porta em frente ao quarto onde havia dormido. Meio aberta. Um leve creme ou loção pós-barba no ar. Ela entrou. Dentro, uma espécie de escritório com sofá, escrivaninha, poltronas de couro, penteadeira. Junior examinou tudo. Alisou as gravatas e camisas do armário; cheirou os sapatos; esfregou o rosto na manga do paletó de anarruga. Então, encontrou uma pilha de cuecas, tirou o conjunto vermelho, vestiu uma cueca e deitou no sofá. A felicidade dele era inequívoca. Assim como o alívio dela por estar ali, manipulando as coisas dele e se divertindo na frente dele.

Depois, voltando para o quarto de Heed, Junior olhou a porta por cima do ombro — ainda aberta — e viu um punho branco de camisa, a mão dele fechando a porta. Junior riu, sabendo, ao fazê-lo, que ele estava rindo também.

E sabe de uma coisa? Bem na frente da janela de Heed havia um menino. Para ela. Estava ficando tudo claro. Se ela agradasse às duas mulheres, podiam viver felizes juntas. A única coisa que tinha a fazer era estudar as duas, aprender as duas. Christine não se importava com dinheiro, gostava de alimentá-la e a encorajava a usar o carro. Heed se preocupava com o preço da gasolina e com o valor dos pacotes de leite vencidos e do pão amanhecido. Junior via tanto a generosidade de Christine como a mesquinharia de Heed como formas de dispensa. Uma era "pegue o que quiser e me deixe sozinha." A outra era "eu estou no controle e você não". Nenhuma das duas mulheres estava interessada nela — exceto na medida em que simplificava ou complicava o relacionamento de uma com a outra. Não exatamente uma mensageira, nem bem uma confidente, era um papel obscuro em que ela havia descoberto pequenos segredos. Entre as roupas novas, nunca usadas, dentro das malas trancadas, havia uma camisola curta, leve, com penugem azul-água na barra; uma caixa que explicava seu conteúdo como uma bolsa de ducha; um frasco de Massengill Pó amarelo-mostarda. Coisas necessárias em férias? Para fugir? Christine pegou um punhado de pílulas de vitamina e encheu latas vazias de Pepsi com cerveja Michelob. Ambas as mulheres compravam e usavam absorventes higiênicos e jogavam-nos no lixo completamente limpos. A assinatura de Heed num cheque era um decalque de suas iniciais, *HC*, instável e inclinado para a direita.

Com o tempo as mulheres iam se cansar de sua briga, deixariam as coisas com ela. Ela faria isso acontecer, arranjaria a harmonia quando sentisse vontade, do jeito que havia feito na Correcional quando Betty interrompeu Sarah no Baile de Natal e as duas brigaram até irem parar no Isolamento. Junior havia agenciado as pazes quando as meninas voltaram, eriçadas, para a Sala Comum, um comportamento ameaçador que poderia estragar tudo para toda a Casa de Mary. Tomando o partido de cada antagonista, ela havia se tornado indispensável para ambas. Quanto mais difícil poderia ser com mulheres cansadas demais para ir às compras, fracas demais para tingir o próprio cabelo? Velhas demais para lembrar a verdadeira finalidade de um automóvel. Ele riu.

Ela acionou o motor. Baunilha? Morango? Avistou Romen.

6. MARIDO

As meninas da Correcional sabiam que não se confia num rótulo. "Deixe agir por cinco minutos, depois enxágüe copiosamente" era uma sugestão, não uma ordem. Alguns produtos precisavam de quinze minutos; outros podiam cozinhar o couro cabeludo instantaneamente. As correcionais sabiam tudo sobre cabelo: trançar, cachear, lavar, alisar, cortar. E antes de suspenderem os privilégios da tintura — Fawn deixou Helen praticamente cega com um jato proposital de Instinto Natural —, elas praticavam tinturas com a determinação de profissionais.

Junior deslizou o cabo do pente de dentes finos pelo cabelo de Heed, depois preencheu cada vale prateado com uma grossa camada de Cachos de Veludo. Havia lubrificado cada repartido com vaselina para abrandar a dor da tintura. Em seguida inclinou a cabeça de Heed com delicadeza — para cá e para lá — para conferir a nuca e a linha da testa. As bordas das orelhas dela tinham cicatrizes leves, ou de queimaduras de tingimentos anteriores ou de pentes de alisamento usados desajeitadamente. Junior passou devagar um dedo enluvado sobre as feridas. Então dobrou a orelha para absorver o excesso de líquido com algodão. Satisfeita porque as raízes estavam molhadas e saturadas, cobriu o cabelo com uma touca de banho. Ao lavar os utensílios e dobrar as toalhas, ouviu o ressonar de Heed — o murmúrio voluptuoso que sempre acompanha o tratamento de cabelos. Massagem, carícias, por mais devotadas, são acompanhantes naturais de um enxágüe de água morna, do tímido chiado de cabelo limpo. Com voz sonolenta, divertida, Heed explicou a cadeira de barbeiro em que estava sentada. Como papá havia dito que nenhuma cadeira no mundo era mais confortável; que havia pago trinta dólares por ela, mas que valia centenas. Como questões de decoração não o impediram de levá-la do hotel para o banheiro da casa nova. Como Heed valorizava aquela cadeira, porque nos primeiros dias de casamento foi nela que ele se empenhou em ensiná-la a tratar das mãos, dos pés, a manter todas as suas unhas em perfeito estado. E a barbeá-lo também, com uma navalha reta e correia de couro para afiar. Ela era tão pequena que tinha de ficar em cima de um banquinho para alcançá-lo. Mas ele era todo paciência e ela aprendeu. Estimulada pelo silêncio obediente mas interessado de Junior, ela chegou a dizer que naquela época nunca se sentia suficientemente limpa. Caçoavam das pessoas de seu bairro por morarem perto da fábrica de peixe, e, embora ela nunca tivesse trabalhado nem um minuto naquele lugar, acreditava que era suspeita de seus miasmas. Mesmo agora isso era o pior problema de suas mãos, como seus hábitos de higiene haviam ficado limitados.

Junior imaginou se Heed estava tentando pedir também uma pedicure além da ajuda com o banho. Embora não fosse a farra das duchas coletivas na Correcional, ensaboar um corpo — qualquer corpo — dava uma satisfação que só uma criança do Assentamento poderia entender. Além disso, ele ficava satisfeito de vê-la cuidando de sua mulher; como ficara satisfeito de ver ela e Romen se agarrando nus no banco de trás de seu carro de vinte e cinco anos; assim como sentia cócegas de saber que ela estava usando sua cueca.

Ela ligou o secador de cabelos. O ar morno, depois frio, brincou no cabelo de Heed, estimulando mais reminiscências.

"Nós fomos a primeira família de cor em Silk e nem um pio de nenhuma boca branca. Mil novecentos e quarenta e cinco. A guerra tinha acabado de acabar. Todo mundo tinha dinheiro, mas papá tinha mais que todos, então ele construiu esta casa num terreno que vai até onde a vista alcança. É Oceanside agora, mas na época era um pomar abandonado, cheio de passarinhos. Me passe a toalha."

Heed enxugou as têmporas e se olhou no espelho.

"Fizemos duas comemorações da vitória. Uma no hotel para o público; uma particular, aqui na casa. As pessoas passaram anos comentando. Aquele verão inteiro foi uma festa; começou em maio e terminou em 14 de agosto. Bandeiras para todo lado. Fogos e foguetes na praia. A carne estava racionada, mas papá tinha ligações com o mercado negro e conseguimos um caminhão cheio. Não me deixavam entrar na cozinha, mas aí precisaram de mim."

"Por que não deixavam a senhora entrar na cozinha?"

Heed enrugou o nariz. "Ah, eu não era uma grande cozinheira. Além disso, eu era a esposa, você sabe; a anfitriã e uma anfitriã nunca..."

Heed parou. A lembrança de ter sido a "anfitriã" desses dois tipos de festa da vitória em 1945 foi inundada por outra dupla de comemorações dois anos mais tarde. Uma festa de dezesseis anos mais formatura para Christine. Outra vez um jantar familiar na casa antes da comemoração pública no hotel. Em junho de 1947, fazia quatro anos que Heed não via aquela que costumava ser sua amiga. A Christine que desceu do Cadillac de papá não era nada parecida com aquela que, em 1943, havia saído de casa limpando as lágrimas das bochechas com a palma da mão. Os olhos acima dessas bochechas tinham aumentado — e esfriado. Duas tranças haviam se transformado em um penteado pajem tão macio quanto o sorriso de quem o usava. As duas não fingiram gostar uma da outra e, sentadas à mesa, esconderam a curiosidade como profissionais. O sol se pondo, vermelho como uma melancia, deixou para trás seu calor — úmido e murmurante. Heed lembrou o cheiro de talco da tigela de gardênias, as bordas amarronzadas como uma torrada. E mãos: um abano casual de uma mosca, um guardanapo de jantar apertado em um lábio suado; o indicador de papá brincando com o bigode. Em silêncio, ficaram esperando L. Ela havia preparado uma refeição suntuosa e feito um bolo. Dezesseis velas esperavam para ser acendidas em um jardim de rosas de açúcar e fitas de marzipã azul. A conversa fora polida, vazia, marcada pelo crepitar do ventilador de teto e pelos olhares significativos trocados por May e Christine. Papá, nas garras da excitação do pós-guerra, falara de seus planos de melhorar o hotel, inclusive com um sistema de ar-condicionado Carrier.

"Isso não seria uma maravilha?", disse Christine. "Tinha me esquecido como é quente aqui."

"Vamos colocar no hotel primeiro", disse Cosey. "Depois na casa."

Heed, sentindo uma onda de autoridade, deu seu toque: "Os ventiladores dos quartos estão em bom estado, mas eu sinto mal este aqui da sala".

"Você quer dizer 'com este'. Se sente mal 'com este aqui'."

"Foi o que eu disse."

"Você disse 'sinto mal este aqui'. 'Sentir' nessa sua frase é verbo transitivo, exige complemento. Se você quer mesmo dizer 'eu sinto mal este aqui da sala' está é dizendo que 'meus dedos estão amortecidos e não consigo tocar as coisas direito'. Agora, se você..."

"Você não venha querer me ensinar a falar sentada na minha mesa."

"Sua mesa?"

"Quietas, vocês duas. Por favor? Fiquem quietas."

"Você está do lado de quem?"

"Faça o que eu disse, Heed."

"Você está do lado dela!" Heed se levantou.

"Sente aí, está ouvindo?"

Heed sentou-se no silêncio cheio de pulsações, consciente de mãos ampliadas e de pétalas de gardênia, até que L entrou com o balde de champanhe. Na presença dela, Heed se acalmou o suficiente para segurar o cálice para o champanhe.

"O outro", ele disse. "Esse cálice é de água."

May não tentou esconder o riso nos olhares que trocou com a filha. Quando Heed viu o sorriso, o olhar, ela explodiu, atirou o cálice errado no marido e passou correndo por ele para subir a escada. Papá se levantou e pegou seu braço. Aí, com uma espécie de graça antiquada, colocou-a deitada sobre os joelhos e bateu nela. Não forte. Não com crueldade. Metodicamente, relutantemente, do jeito que se bate em qualquer moleque. Quando parou, não havia jeito de ela sair da sala e subir a escada. Não havia jeito, mas ela conseguiu. A conversa que começou enquanto ela se arrastava escada acima era relaxada, como se um cheiro horrível que estava incomodando os hóspedes tivesse sido eliminado afinal.

Junior desligou o secador. "E a sua família? A senhora nunca fala deles."

Heed fez um som com a garganta e um gesto com a barbatana.

Junior riu. "Sei o que a senhora quer dizer. Prefiro beber

tintura do que morar com minha família. Eles me faziam dormir no chão."

"Engraçado", disse Heed. "Nas primeiras semanas depois do meu casamento, eu só conseguia dormir assim. De tão acostumada que estava."

Heed olhou o rosto de Junior no espelho e pensou: Então foi isso. Foi isso que me fez aceitar essa menina. Nós somos soltas as duas, soltas. Com uma família de vespas. O casamento foi uma oportunidade para eu sair, para aprender a dormir em uma cama de verdade, ter alguém para me perguntar o que queria comer, depois preparar o prato. Tudo num grande hotel onde as roupas eram passadas e dobradas ou penduradas em cabides — não em pregos. Onde era possível ver mulheres da cidade ondulando na pista de dança; ou se esconder atrás do palco para ver os músicos afinando os instrumentos e as cantoras arrumando a roupa de baixo ou tomando um último gole antes de cantar "*In the dark, in the dark...*". Logo depois do casamento, a família dela havia começado a enxamear e picar querendo sangue. Por mais alto que fosse o custo da humilhação, os Cosey eram (tinham se transformado em) sua família. Embora descobrisse que tinha de lutar por seu lugar nela, papá possibilitava isso. Quando ele estava por perto, todo mundo recuava. Tantas vezes ele deixou isso bem claro — que tinham de respeitá-la. Como aquela vez quando voltaram dos três dias de "lua-de-mel". Heed estava explodindo de histórias para contar a Christine. Oscilante nas sandálias de tira atrás, meio caindo pelos degraus, foi saudada não apenas pelo escárnio de May, mas também pelo mau humor de Christine.

May, é claro, foi quem começou, rindo alto das roupas novas de Heed; mas Christine juntou-se a ela com um sorriso maldoso que Heed nunca tinha visto antes.

"O que é isso que você está usando, pelo amor de Deus?", disse May, com a mão na testa. "Está parecendo uma... uma..."

"Epa. Epa", disse papá. "Isso eu não vou permitir. Vocês duas... parem com isso. Ouviram?"

Tremendo, Heed olhou para Christine, pedindo socorro. Não veio nenhum. Os olhos da amiga estavam frios, como se Heed a tivesse traído, e não o contrário. L apareceu com uma tesoura e cortou a etiqueta de preço pendurada na manga de Heed. Do que estavam rindo, pensou? Do sapato de salto cubano? Da meia arrastão preta? Do conjunto roxo bonito? Papá tinha ficado encantado com suas compras. Ele a tinha levado a uma boa loja de departamentos que não tinha nenhuma placa nem imposição de "Não atendemos pessoas de cor", onde se podia usar o banheiro, experimentar os chapéus (colocavam papel de seda por dentro da copa) e trocar de roupa em um lugar especial nos fundos. Heed escolheu coisas que as mulheres glamourosas do hotel usavam e achou que o grande sorriso da atendente e o riso alegre de outras clientes mostravam uma aprovação prazerosa de suas escolhas. "Você está um sonho", disse uma delas, estalando a língua de prazer. Quando ela saiu do provador com um vestido bege-creme com rosas vermelhas de seda costuradas no ombro, o decote baixo franzido para formar os seios que teria em algum momento futuro, papá sorriu, assentiu com a cabeça e disse: "Vamos levar. Vamos levar tudo".

Todo dia, durante três dias, fizeram compras, papá deixando que comprasse tudo o que queria, inclusive um batom Noites de Paris. Brincavam de "luta" de manhã, depois almoçavam no Reynaud's. Ao contrário do hotel deles, aquele em que ficaram não tinha salão de jantar, o que agradava papá, que estava sempre procurando empresas de negros menos satisfatórias que a dele. Levou-a à rua Broad, à Edward Bros., à Woolworth's, à Hansons, onde ela comprou não apenas sapatos de salto alto, mas também *huaraches*, chinelos de quarto brilhantes e meias arrastão. Só à noite ela ficava sozinha durante algumas horas, enquanto ele visitava amigos, cuidava de negócios. Com nada disso Heed se importava, porque tinha livros para colorir, revistas com figuras, bonecas de papel para cortar e vestir. E havia a rua. Da janela de segundo andar, observava, fascinada, de queixo caído, as pessoas e o tráfego lá embaixo. Automóveis pretos de teto quadrado, berrando. Soldados, marinheiros, mulheres com chapeuzinhos que pareciam almofadas de alfinetes. Bancas de verduras em frente a cartazes de "Tio Sam quer você".

Papá a levou para assistir a *Como era verde o meu vale* e *Kitty Foyle*. Ela chorou tão alto e tanto com *As vinhas da ira*, que o lenço dele ficou molhado de torcer. Por mais maravilhosa que fosse a lua-de-mel, ela mal podia esperar para voltar e contar tudo a Christine. Ferida com a recepção dela, guardou para si as histórias. Na única vez que tentou fazer as pazes com Christine, oferecendo a aliança de casamento para ela usar, a cozinha explodiu. As quatro — May, L, Christine e Heed — estavam preparando os legumes quando Heed tirou o anel do dedo, estendeu para Christine e disse: "Pode usar, se quiser".

"Sua idiota!", May gritou.

Até L virou-se para ela. "Cuide-se", disse. "A rua não chega lá."

Christine explodiu em lágrimas e saiu correndo pela porta dos fundos. Do barril de água da chuva, Heed podia ouvi-la gritando: "Cê-vodague é ma-udague crava-esdague! Le-edague prou-comdague cê-vodague com-dague um-dague no-adague dedague luguel-adague e uma-dague rra-badague de colate-chodague!"

Heed examinou as vagens o melhor possível enquanto "Crava-esdague! Crava-esdague!" retinia em sua cabeça.

Nessa noite, quando Christine foi trazida de volta pelo xerife Buddy Silk de uma boba tentativa de fuga e levou uma bofetada no rosto por isso, Heed não disse nem uma palavra a favor dela. Em vez disso, ficou na escada com papá e pegou na mão dele. Duas semanas depois, Christine foi embora, deixando Heed a se defender sozinha. L e papá seus salvadores naquele mundo intrigante.

"Não conheci meu pai", disse Junior. "Foi morto no exército. Vietnã."

"Pelo menos ele foi", disse Heed.

"E minha mãe não ligava nada para mim."

"Nem a minha."

"Eu talvez devesse casar, como a senhora."

"Cuidado."

"Bom, a senhora ficou com esta linda casa."

"Meu Vietnã. Só que eu saí viva." Até agora, pensou. "Mas como você diz, ele me deixou muito bem."

"Está vendo? Não fica contente de ele ter pena da senhora?"

"Pena?" Heed se arrepiou. "Por que diz isso?"

"Bom, não 'pena'. Não foi isso que eu quis dizer. Quis dizer que ele devia saber que a senhora ia ficar completamente sozinha."

"Claro que sabia. Mas isso não era pena. Era... era..." Ela não podia dizer, e depois de 1947 nunca mais o ouviu dizer também. Não para ela, pelo menos, e ficou à escuta vinte e quatro anos. Os gritos que saíram da boca dele quando morreu eram o reconhecimento de que nunca mais ouviria a palavra.

"Escute." Virou-se para trás, para tocar no cotovelo de Junior. "Quero que faça uma coisa para mim. Juntas. Nós temos de fazer juntas. Você vai sair lucrando disso também, tanto quanto eu."

"Claro. O que é?"

"Uns documentos que eu preciso. Mas estão num lugar aonde eu não posso ir sozinha. Vai ter de me levar lá e depois me ajudar a encontrar."

"Levar aonde?"

"Ao hotel. No sótão. Vamos precisar de uma caneta-tinteiro."

Junior não conseguiu encontrá-lo. Procurou por ele nos outros quartos, porque quando ele estava sentado no escritório de gravata não havia nenhum traço da loção pós-barba; nenhum "Ei, gostosinha" sussurrado em seu ouvido. Talvez não precisasse que ele lhe dissesse. Que aprovasse. Talvez ele tivesse certeza de que ela saberia o que fazer. Primeiro, dar uma olhada em Christine; certificar-se de que ainda estavam se dando bem para o caso de o plano de Heed dar errado. Levar Heed para o carro sem que Christine visse devia ser fácil, uma vez que o horário da casa era tão confiável quanto o da Correcional.

Naquela noite, agachou-se ao lado de Christine, que estava sentada na varanda dos fundos com uma lata de refrigerante em uma mão e um cigarro na outra. Indiferente ao tempo frio, Christine usava uma blusa sem mangas embaixo do avental. Junior apontou o maço de cigarros.

"Posso pegar um?"

"Você que compre o seu. Você recebe. Eu não."

"E se eu não tiver dinheiro para isso, Christine?"

"Se pode gastar com esse metal no seu nariz, pode gastar com cigarro."

"Bom, eu não fumo mesmo. Isso fede."

Christine riu, pensando no sopro que Junior trouxera para a casa no dia em que chegou. "Sorte sua", disse ela.

"Por que você não recebe nada? Trabalha mais do que eu."

"Porque a sua patroa é maluca, além de má, e precisa de tratamento."

"Eu trato dela."

"Não esse tipo de tratamento. Não notou nada esquisito nela, não?"

"Um pouco. Talvez."

"Um pouco? Quem fica trancada num quarto durante anos senão uma pessoa demente? E do que é que vocês duas conversam lá em cima, afinal?"

"Coisas. Da vida."

"Ah, meu Deus."

"Ela me mostrou umas fotos. Fotos de casamento. Vi uma foto linda sua no casamento dela. Você era fogo, Christine, fogo mesmo. Faz tempo que vocês se conhecem, certo? Primas? Alguma coisa assim?"

"Primas?", os lábios de Christine se curvaram.

"Não são parentes? Só amigas?"

"Ela não é minha amiga. Ela é minha avó."

"Como é?"

"Você ouviu. Avó. Entendeu?"

"Mas vocês duas têm a mesma idade."

"Eu sou mais velha. Oito meses mais velha."

"Espere um pouco", Junior franziu a testa. "Ela disse que ficou casada trinta anos e que ele morreu faz vinte e cinco anos. Então ela devia ser... um bebê."

"Falou-se disso." Christine bebeu na lata.

"E você tinha... quanto?"

"Doze anos. Meu avô casou com ela quando ela tinha onze. Era a minha melhor amiga. Um dia nós construímos castelos na areia; no dia seguinte ele a pôs sentada no colo dele. Um dia nós brincamos de casinha embaixo de uma colcha; no dia seguinte ela estava dormindo na cama dele. Um dia nós jogamos pedrinhas; no dia seguinte ela estava trepando com meu avô." Christine examinou seus diamantes, sacudiu os dedos como uma dançarina havaiana. "Um dia esta casa era minha; no dia seguinte ela era a dona."

Apagou o cigarro e levantou-se. "Deve fazer mexer com a cabeça, casar antes da primeira menstruação. Ela precisa de tratamento profissional, você não acha?" Christine soprou os anéis. "Tem virgens e tem crianças", disse ela, e deixou Junior meditando sobre a idéia.

De volta à cozinha, Christine começou a transpirar. Encostou a testa na porta da geladeira, depois abriu a porta para tomar o ar frio. A onda de calor passou, como havia passado na varanda, mas voltou depressa e deixou-a tremendo. Fazia algum tempo que o véu havia se aberto para expor um vasto platô de pedra sem vida, e ela imaginou se não era ela, em vez de Heed, quem precisava de cuidados profissionais. Tirou uns cubos de gelo, enrolou em um pano, passou no pescoço, nas têmporas, nos pulsos até se sentir mais firme. A desolação permaneceu. Uma visão clara do mundo como o mundo era — ermo escuro feio impiedoso. O que estava fazendo ali? A cabeça disparava; seus motivos perdiam sentido. Sabia que estava fingindo ocupar-se, mas de que outro jeito colocar aquilo de lado — a rocha desolada despida de verde? Fechou os olhos, o pano gelado apertado nas pálpebras, sussurrou Não! e endireitou as costas. Aquilo *era* importante. Seu combate com Heed não era nem louco, nem inútil. Nunca esqueceria como havia lutado por ela, desafiado a mãe para protegê-la, para lhe dar roupas: vestidos, shorts, um maiô, sandálias; para fazerem piqueniques sozinhas na praia. As duas riam juntas até ficar com dor de barriga, tinham uma língua secreta e, quando dormiam juntas, sabiam que o sonho de uma seria igual ao sonho da outra. E ver sua melhor e única amiga sair do mergulho aos gritos na sua banheira, trocar as histórias que inventavam e cochichavam debaixo dos lençóis em sua cama pelo quarto escuro no fim do corredor fedendo a bebida e a coisas de velho, fazendo coisas que nem se podiam descrever, mas tão terríveis que ninguém podia ignorar. Isso ela não ia esquecer. Por que deveria? Mudara sua vida. Mudara May para toda a vida. Até L ficara de queixo caído.

Depois do casamento, tentaram brincar juntas de vez em quando, mas cada uma ficava esperando os insultos da outra e as tentativas terminavam em briga. Em seguida lágrimas, a mão de May apertando; palavras sibiladas para vovô Cosey não ouvir você caçoando da noiva dele.

Havia um monte de culpa a espalhar. Ele era o Grande Homem que, sem ninguém que o enfrentasse, podia se safar daquilo e de qualquer outra coisa que quisesse. Depois havia sua mãe, que escolheu mandá-la embora em vez de confortá-la. Colocá-la em uma escola distante, desestimulando as férias de verão em casa. Para seu próprio bem, ela dizia, arranjando acampamentos de igreja e férias com colegas de classe. Uma vez, May a inscreveu como conselheira em uma casa de acampamento para meninas negras que haviam fugido de casa para escapar a maustratos. Não importavam os pacotes de Natal pelo correio, os sapatos caros, de tamanho errado, em setembro; apesar dos envelopes gordos de mentiras e de dinheiro, a rejeição era óbvia. L também tinha culpa; era a única apaziguadora disponível, fosse olhando feio, fosse sacudindo a cabeça, mas não tomava o partido de ninguém. A verdadeira traição, porém, estava na amiga que sorrira alegremente ao ser levada pelo corredor para o escuro, para o cheiro de bebida, para as coisas de velho. Então quem tinha de ir embora? Quem tinha de deixar o quarto, a casa de brinquedo, o mar? A única inocente nesse lugar, essa sim. Mesmo quando voltou, com dezesseis anos, equilibrada e pronta para assumir seu lugar na família, eles a jogaram fora, porque então Heed tinha virado uma adulta maldosa. Perversa a ponto de colocar fogo nela.

Christine foi para seu quarto e sentou-se na espreguiçadeira, que preferia ao sofá que pinicava. A transpiração estava diminuindo, a tontura, passando. A melancolia continuava. Eu é que devo ter sonhado este mundo, pensou. Ninguém bom poderia.

Devia ter sido diferente. Ela queria que fosse diferente. No trem, voltando de Maple Valley para casa, tinha planejado cuidadosamente sua atitude, seu comportamento. Ia dar tudo certo, uma vez que sua volta começava com uma comemoração de tudo: seu aniversário, a formatura, a casa nova. Estava decidida a ser civilizada com Heed, dominante, mas de um jeito gentil, como aprendiam a se comportar em Maple Valley. Não conseguia lembrar como ou por que tinha se deixado seduzir pela exibição de gramática. O fato de que se lembrava mais era do avô batendo em Heed e da onda de prazer que veio quando ele tomou o lado da neta contra a esposa, só para variar, assumindo uma atitude para mostrar o tipo de comportamento que apreciava. A satisfação de Christine foi profunda e transbordante quando os três — os verdadeiros Cosey — saíram juntos, no carro grande, a indigna fora de vista.

Quando ela e May voltaram, havia rolos de fumaça saindo pela janela de seu quarto. Correram gritando para dentro da casa, escada acima, encontraram L abafando os lençóis enegrecidos com um saco de vinte quilos de açúcar, caramelizando o mal.

Mais uma vez foi Christine, não Heed, que teve de ir embora. Vovô Cosey havia saído da festa do hotel de repente para ir ninguém sabe aonde. Com medo e zangadas, mãe e filha ficaram acordadas, fervendo até as três da manhã, quando ele voltou, descalço feito um cachorro de quintal, segurando os sapatos na mão. Em vez de encontrar Heed para jogá-la de volta de onde havia saído, ele riu.

"Ela vai nos matar", May sibilou.

"A cama estava vazia", disse ele, ainda rindo.

"Estava hoje! E amanhã?"

"Vou falar com ela."

"Falar? Falar? Bill, por favor!" May estava implorando.

"Calma, May. Já disse que vou cuidar disso." Saiu como se a conversa tivesse acabado e ele precisasse descansar. May tocou seu cotovelo.

"E Christine? Ela não pode viver aqui assim. É perigoso."

"Não vai acontecer de novo", disse ele, frisando a palavra "não".

"Ela é perigosa, Bill. Você sabe que é."

Ele então olhou para May durante um tempo que pareceu uma eternidade e sacudiu a cabeça. "Talvez você tenha razão." Depois, tocando o bigode: "Tem algum lugar aonde ela possa ir por uma ou duas semanas?".

"Heed?"

"Não", disse ele, surpreso com a sugestão, depois franzindo a testa. "Christine."

"Mas foi Heed que começou o incêndio. Ela é que é culpada. Por que Christine tem de ir embora?"

"Não sou casado com Christine. Sou casado com Heed. Além disso, vai ser só por pouco tempo. Até as coisas se assentarem por aqui."

E assim Christine devia fazer as malas e ser despachada para a casa de uma colega. Por uma ou duas semanas. Umas "férias", diriam para as pessoas, quer elas acreditassem ou não. Christine vai telefonar e May pegará a ligação, fará os arranjos.

Parada ali num vestido de estrela de cinema, cristais brilhando no decote, Christine tomou uma decisão. Ele não olhou para ela nem uma vez. Ele tinha dado risada. A vaca da mulherzinha dele havia tentado matá-la — de certa forma —, e se conseguisse, um dia ele iria rir também, iria enfim olhar a carne de sua carne chamuscada e resolver aquilo como se fosse um cheque de cliente devolvido ou um músico que não apareceu ou uma discussão com um vendedor que roubou no preço de um pedido de uísque? Depois, uma visita a uma colega. Depois, loucuras. Abra os olhos, velho, e olhe bem para mim agora, porque nunca mais vai me ver de novo.

Você está sempre pensando na morte, eu disse para ela. Não, ela disse. A morte está sempre pensando em mim. Ela não sabia nada a respeito. Pensava que morte era ir para o céu ou para o inferno. Nunca ocorreu para ela que podia ser só um pouco mais da mesma coisa. A gente pode fazer o que quiser, só que tudo sozinho. Mas esse era o jeito de May explicar por que juntava, enterrava, guardava e roubava. A morte estava tentando arrombar a porta e ela precisava ser muito esperta para deixá-la de fora. A filha dela era a mola solta, uma fraqueza que podia pôr tudo a perder. Christine tinha de ser defendida não só daquilo que tinha entrado e levado embora o pai dela, mas da morte em vida da pobreza, do tipo negro que May conhecia. Desabrigada, mendigando; a fé cristã deles exigindo gratidão sem fim por um prato de angu. Nada a deixava mais assustada do que desaprovar gente branca. Ela não perdia a oportunidade de contar como Mr. Cosey vinha de uma longa linhagem de escravos calados, prósperos e de libertos econômicos — cada geração engordando a herança deixada pela anterior. Empreiteiros independentes, ela dizia. Sapateiros, costureiras, carpinteiros, serralheiros, ferreiros, trabalhadores sem paga e artesãos que refinaram as suas artes, se fecharam e trabalharam para gente rica que dava presentes e gorjetas. Os carpinteiros faziam belos pianos; os serralheiros serviam o laboratório da faculdade local. Um, ferreiro, levou seu trabalho para uma fazenda de cavalos, onde primeiro mostrou que era confiável, depois indispensável, depois rendoso. Nessa posição, seu pedido de pagamento em vez de abrigo foi atendido. Pouco a pouco, assim dizia a história, eles se juntaram, se apegaram ao que ganhavam para os filhos, com quem conversavam e ensinavam a fazer melhor. Mas foram discretos, sem se gabar, sem insolência — só servindo e mantendo relações próximas com os brancos que interessavam. Essa era a história que corria nas ruas, enfim — história que pertencia a alguém e que ela e Mr. Cosey pegaram para eles. Ele sabia a verdade, mas May acreditou e foi por isso que para ela a pequena Heed vestida com uma camiseta de homem em lugar de um vestido parecia o fim de tudo aquilo — uma mosca-varejeira que deixaram entrar pela porta, já zunindo em cima da mesa de comida e que, se pousasse em Christine, era capaz de manchar a menina com o lixo de onde tinha nascido. Ela agüentou a amizade das meninas até Mr. Cosey atrapalhar tudo. Então teve de inventar alguma coisa depressa. Se Heed e Christine tinham idéia de ser amigas, como se fossem irmãs só porque um velho depravado e indiferente tinha um capricho, May tinha de pôr um fim naquilo. Se não podia esmagar a mosca-varejeira, podia arrancar suas asas, passar Raid spray no ar para ela não respirar — ou transformar sua filha em uma aliada.

Pena. Eram só duas meninas pequenas. Dentro de um ano iam estar sangrando — forte. À flor da pele e desafiando a morte. Não tinham por que estar metidas naquilo.

O dia em que Mr. Cosey contou para a gente que ia se casar foi a inauguração do 7 de dezembro pessoal de May. Num piscar de olhos ela passou da defesa para o ataque. E como qualquer veterano honesto pode contar, a guerra é boa para os solitários; um verdadeiro conforto para os tolos. Ela não fora sempre daquele jeito. Quando vi May pela primeira vez em 1929, parada do lado de Billy Boy, parecia exatamente o que era: a última filha de um pregador viajante que tinha de aceitar roupas de qualquer congregação que ele conseguisse atrair. Uma moça bonita, subes-

timada, com um casaco super-remendado. O trapinho de gola de pele, o vestido verde-alface e a sandália preta e branca faziam pensar na mesma hora numa barraca de bugigangas. E enquanto eu estava pensando onde o filho de Mr. Cosey podia ter encontrado aquela moça, ela levou a mão de Billy Boy até a boca e deu um beijo. O jeito dos olhos dela devorarem tudo, correndo para cima e para baixo do saguão do hotel, achei que ela ia agir como hóspede e querer ser servida. Eu estava completamente errada. Ela deixou para desfazer depois a mala de papelão; só trocou aquele vestido dado por uma outra roupa e começou. "Vamos lá", disse numa voz baixa, doce. "Vamos limpar isto aqui. Vamos empurrar aquilo, limpar aqui embaixo, esfregar ali..." Como não dar um sorriso? A voz de merengue, as maneiras de dama. Mr. Cosey principalmente, vendo que o filho tinha escolhido uma esposa que com certeza era positiva.

Ela mudou Billy Boy do serviço nas mesas para o bar e depois para a contratação dos artistas, o que deixou Mr. Cosey livre para pensar no dinheiro e na diversão. Nem com a gravidez ela parou. May foi a primeira mãe que eu vi que desmamou o bebê aos três meses. Quando Billy Boy morreu em 35, foi embora tão depressa que a gente nem teve tempo de cuidar dele. Christine se enfiou embaixo de minha cama e, quando a encontrei lá, deixei dormir comigo. Ela nunca foi uma criança chorona, então ouvir o gemido dela no sono era um conforto para mim, já que May via a morte de Billy Boy mais como uma ofensa do que como uma tragédia. De olhos secos como uma tartaruga, ela deixou Christine para eu criar. Mr. Cosey afundou, então sobrou para May e para mim fazermos as coisas continuarem andando. Durante os sete anos seguintes, ela botou toda a energia no negócio do hotel. A recompensa desses sete anos de trabalho duro foi ele dizer "Vou me casar. Com alguém que você conhece. A amiguinha de Christine". Recompensada com o sogro casando com a *amiguinha da filha de doze anos e colocando a amiguinha na frente de tudo, inclusive dela, da filha e de tudo para o que ela tinha trabalhado. Não só isso. Ela ia ter de ensinar e treinar a amiguinha para dar ordens a todos nós. A maioria das pessoas casava nova naquela época (quanto mais cedo uma menina fosse levada por um homem, melhor), mas onze anos? Era preocupante, decerto, mas tinha mais coisas por trás disso do que a idade. A nova sogra de May não era só uma criança, era uma Johnson. Nem no sonho mais maluco ela seria capaz de inventar uma família que lhe desse mais medo. O bobo no rótulo do xarope alemão. O selvagem no fermento Czar. Os desmiolados do vinagre de frutas Alden's, do cereal Korn Kinks, da linha J. J. Coates, e os bebês bêbados da Sanford's Ginger. Era isso que ela via quando olhava para os Johnson. Ela podia estar trançando o cabelo no quarto, passando água fria nas têmporas na cozinha, onde estivesse sua conversa era a mesma: incapacidade não era hábito, era uma característica; ignorância era destino; sujeira só grudava por escolha. Ela estremecia quando dizia isso; sendo filha de pregador, ela realmente tentava desencavar a caridade cristã, mas falhava sempre que olhava para um Johnson. Ou ouvia falar deles. Veja os nomes deles, dizia. Nomes exagerados que as pessoas dão para uma mula, para um barco de pesca. Bride, Welcome Morning, Princess Starlight. Righteous Spirit. Solitude. Heed the Night.* Some-se a isso a calamidade principal — a indesculpável incapacidade dos pais, Wilbur e Surrey, que pensavam que ficar sentado numa canoa a remo com uma vara de pescar era trabalho. Como tinham perdido dois filhos no mar, usaram essa dor primeiro como canequinha de mendigo, depois como um imposto em cima dos vizinhos. Então por que não deixar a filha mais nova ca-*

* Respectivamente: Noiva, Manhã Bem-Vinda, Princesa Luz de Estrela, Espírito Justiceiro, Solidão, Atente para a Noite. (N. T.)

sar com um homem de cinqüenta e dois anos, sabe-se lá por quanto dinheiro que trocou de mãos. Se deu para eles uma nota de dois dólares, May dizia, tem de voltar um dólar e cinqüenta de troco. Mas todo mundo sabia que Mr. Cosey nunca comprava nada barato — ou, se comprava, a coisa acabava se valorizando com o tempo. Como uma criança que logo ia crescer e gerar outras crianças. E isso me leva a uma outra coisa que incomodava May. Os Johnson não eram só pobres e insignificantes, as filhas deles eram consideradas bem rápidas no departamento levantar saia. Portanto, o motivo da atração de Mr. Cosey por Heed podia contaminar a filha dela. Antes mesmo de May começar a ensinar sobre menstruação, ou pensar em proteger Christine de meninos que não serviam, a casa dela estava vibrando com carne de menina descobrindo o sexo, uma atmosfera que a filha era capaz de absorver mais depressa do que bolo de frutas absorve rum. E tudo porque Mr. Cosey queria filhos.

Bom, foi isso que ele disse para os amigos e quem sabe para ele mesmo. Mas não para mim. Ele nunca disse isso para mim porque eu trabalhava para ele desde que tinha catorze anos e sabia a verdade. Ele gostava dela. Além disso, como muita gente fez quando as fábricas de guerra dessegregaram, a mulher de zona dele saiu da cidade. Essa era a verdade, mas não toda ela. Me lembro dele me contando uma história de umas crianças que caíram no esterco de cavalo quando estavam fugindo depois de um ataque e que os brancos tinham dado risada. Tão cruel, a multidão se divertindo com assassinato. Ele repetia isso toda vez que precisava de um exemplo de brancos sem coração, então acho que a questão é que ele riu também e se desculpou por isso casando com Heed. Do mesmo jeito que evitava Christine porque tinha os olhos cinzentos do pai, ele escolheu Heed para fazer o velho Dark gemer. Eu passei a acreditar que toda família tem um Dark e precisa de um. No mundo inteiro, os traidores ajudam o progresso.

É como ficar exposto a tuberculose. Depois que enche o cemitério, ela fortalece quem sobrevive; ajuda-os a saber a diferença entre uma mente forte e uma mente saudável; entre o justo e o justificável — coisa que, afinal, é o progresso. O problema para os que ficam vivos é o que fazer com a vingança — como escapar da doçura da sua podridão. Então dá para entender por que as famílias sempre rendem os melhores inimigos. Eles têm tempo e conveniência para cozinhar a maldade que preferem. De visão curta, porém. Qual a vantagem de sustentar um ódio favorito quando a própria pessoa com quem você envenena a sua vida é aquela (talvez a única) apta ou disposta a levar você até o banheiro quando você não pode mais ir sozinho? Eu sentava nos pés da cama de May ou em cima da penteadeira dela às vezes e ficava olhando Heed ensaboar o traseiro dela, amassar comida mal cozida na consistência certinha. Ela cortava as unhas dos pés de May e limpava os flocos brancos das pálpebras dela. May vivia para maltratar a mulher que era aquela de quem dependia para segurar a cabeça dela em cima do penico. Resmungando cada segundo, mas fazendo tudo: arejando, limpando, dando comida de colher, massageando, virando o corpo dela para o lado mais fresco da cama nas noites tão quentes que dava vontade de gritar. E não faz muito sentido desperdiçar o tempo e a vida tentando botar uma mulher no asilo só para não ter mais de picar gelo para ela chupar. Qual a vantagem de tocar fogo no ninho em que você vive se vai ter de viver nas cinzas por cinqüenta anos? Eu vi o que Mr. Cosey fez com Heed no jantar de aniversário. Meu coração ficou do lado dela e eu disse isso para ele. Enquanto ele procurava alguma coisa no bolso e May e Christine estavam esperando no carro, eu bati no ombro dele. "Nunca mais encoste a mão nela seja por que for. Faça isso e eu vou-me embora na hora." Ele olhou para mim com olhos de Billy Boy e disse: "Cometi um erro, L. Um grande erro". "Diga isso para ela", eu falei. Ele respondeu só com um suspiro e, se eu não estivesse tão agitada, ia saber na hora por quem ele estava suspirando.

Eu nunca soube o que aconteceu de fato no baile, mas não durmo de touca. Assim que eles saíram, entendi que Heed estava aprontando alguma. Ela telefonou para um garçom do hotel; falou para ele vir buscá-la. Mais ou menos uma hora depois que ela saiu, ouvi um caminhão chegar e uma porta bater. Então, salto alto correndo pelo hall. Não passaram cinco minutos e senti cheiro de fumaça. Tive o bom senso de subir lá com um balde de água e precisei ir e voltar correndo até o banheiro várias vezes para encher o balde, mas água não adianta com um colchão pegando fogo. Você acha que apagou, mas no fundo ainda está lá, esperando, esperando o momento propício, quando você der as costas. Aí devora o lugar todo. Eu arrastei para cima o maior saco de açúcar que encontrei. Quando May e Christine chegaram, a cama estava quieta, que nem xarope.

Heed nunca admitiu nem negou o incêndio e eu me perguntava por quê, se estava louca de raiva dele, ela atacou Christine em vez dele. Não penso mais nisso. E não penso por que ele continuou de bom humor quando soube o que Heed tinha feito. May, claro, não perdoou, e vinte e oito anos depois ainda gostava de ver a inimiga sendo forçada a lhe dar comida. Ficava mais satisfeita do que se a filha tivesse sido enfermeira — coisa que acabou sendo.

Heed mostrou os dentes, como era de se esperar, com a chegada de Christine, mas ficou contente de passar May para ela. E para evitar que Christine olhasse o trabalho, mudasse de idéia e fosse embora, Heed ficou de cama e deixou as mãos dobrarem. No começo, achei que May ia ficar aliviada com a volta da filha, apesar de Christine ser uma grande decepção para ela. As brigas das duas eram um concurso de nomes feios separados por anos de nada. Então para mim foi surpresa a reação de May. Ela ficou com medo. Não tinha certeza se dava para confiar na filha com um travesseiro. Mas Christine mergulhou de cabeça, cozinhando muito bem e botando plantas para enfeitar o quarto, coisas que, para falar a verdade, apressaram a despedida da doente. Christine brincou de filha pródiga um ano e tanto, depois, num amanhecer dos mais lindos, May morreu. Sorrindo.

Não sei por que era o sorriso. Nada que ela quis veio para o lado dela — a não ser talvez o machado que ela lançou entre Heed e Christine quando eram pequenininhas. Isso pegou. Rasgou o chão que elas pisavam. Então, quando Christine se inclinava para limpar farelos do queixo da mãe, May via nos olhos da filha um brilho conhecido. Como antes, elas cochichavam sobre Heed, se aliviavam com velhas histórias de quando ela tinha tentado enganar as duas que sabia escrever; a carne que caiu no chão porque ela não sabia manejar a faca; como os mimos que fazia para Mr. Cosey não conseguiram limitá-lo aos lençóis dela; o chapéu que ela escolheu para o enterro dele. Mãe e filha ficaram amigas afinal. Décadas de amargura, que aparecia nas brigas por causa de Malcolm X, do reverendo King, de Selma, Newark, Chicago, Detroit e Watts, tudo se acabou. Morta a questão do que era melhor para a raça, porque Heed respondia isso para elas. Ela era a regressão que as duas combatiam. Nenhuma venceu, mas concordavam no alvo, então desconfio que era por isso que May estava sorrindo naquela linda manhã.

Heed fechou os dedos dela. Christine decorou os dela. Não adiantava. As duas batalhavam como se fossem campeãs e não sacrifícios. Uma vergonha.

7. GUARDIÃO

"Não sei o que dizer para o menino."

"Bom, pense em alguma coisa. Depressa. Senão eu falo."

"O quê? O que você pode dizer para ele?"

"Para que serve um zíper. A responsabilidade de um pai. A taxa de mortalidade da Aids."

"Aids?"

"Quem sabe onde ela andou e com quem? Quem é ela, afinal? Não tem parentes, ninguém nunca ouviu falar dela. Se veste feito mulher de rua. Age como uma... uma..."

"Não estaria trabalhando para elas se não fosse legal. Tinha referências ou algo assim."

"Você está senil ou está fingindo?"

"Olhe quem está falando."

"A fama de Christine faria Jezebel se encolher de medo e Heed é uma Johnson, não esqueça."

"O que significa isso?"

"Significa que moral, de qualquer tipo que seja, é desconhecida naquela família. O que Heed, que casou com a madura idade de onze anos, ia saber de moral, de reserva..."

"Ela nunca enganou Cosey e você sabe que nunca perdoou o passado de Christine. Você não pode botar nela a culpa pelo que o pai dela fez."

"Não, mas posso tomar nota do que o pai dela é. Verdade ou mentira que ela tentou botar fogo na própria casa?"

"Eu nunca acreditei nisso."

"Bom, a semente nunca cai longe da planta. Se elas aceitam esse tipo de moça para trabalhar para elas, o que mais pode estar acontecendo por lá? Como se pode confiar em qualquer uma das duas? Só porque Heed deixa Romen limpar o quintal dela não quer dizer que está diferente."

"Diferente de quê?"

"Da vaca enganadora que tem de controlar as pessoas."

"Achei que você estava preocupada com o comportamento de Romen."

"Estou. Comportamento influenciado por uma ex-prostituta e por uma bruxa. Escute, Sandler, eu não estou a fim de ser bisavó, nem enfermeira grátis, nem um bolso sem fundo para uma mãe adolescente ordinária só porque você não sabe o que dizer para um menino de catorze anos. Além disso, nós somos responsáveis por Romen. Nossa própria filha espera que a gente seja. Conta com a gente para ser."

Sandler deu um grunhido e deixou a argumentação de sua mulher se desenrolar, ponto a ponto. Ele sabia, sim, o que dizer a Romen, mas sabia que não ia adiantar. Proibir seria simplesmente tornar a coisa toda mais quente, mais atraente. Não ia dizer para ele escolher uma moça ou outra, mas para desistir da única mulher a quem tinha completo acesso físico. Como dizer a um pato para não gingar. Ia ter de pensar em alguma outra coisa. Camisinhas pelo menos, mas Vida esperava mais — um fim no relacionamento. Some-se a essa improbabilidade o fato de ele achar que Romen estava levando as coisas bastante bem, diante das circunstâncias. Não estava usando drogas, nem andando com uma gangue, atraindo prisão, e suas maneiras em casa tinham definitivamente melhorado. Mas Vida tinha razão. O bairro havia mudado e os tempos também. Não conheciam a garota, não tinham informação recente sobre o que as mulheres Cosey podiam estar aprontando. Só rumores, especulação e ressentimentos do povo local, que não sabia nada mais do que eles. Houve tempo em que todo mundo sabia de tudo. Houve tempo em que um homem podia falar com outro sobre seu filho ou sua filha; ou em que um grupo de mulheres cairia em cima de uma garota fácil. A não ser os Johnson. Ninguém caía em cima deles. Eles fugiam à regra, mesmo em Up Beach, onde as pessoas viviam umas em cima das outras, onde cada tosse, cada olhar mais comprido, era controlado.

Ah, nossa!, pensou ele, isso foi há cinqüenta anos. O que adiantava lembrar os bons velhos tempos como se o passado fosse puro? Sabia com certeza que estava simplesmente abafado. Vida, na sua história de maldades, não dissera uma palavra sobre Bill Cosey. Agia como se Heed tivesse perseguido e seduzido um velho de cinqüenta e dois anos, mais velho que o pai dela. Como se tivesse escolhido casar com ele, e não recebido ordem para isso. Vida, como a maioria das pessoas, provavelmente levava a mal a menina porque havia continuado casada com ele, gostava disso e assumira os negócios. Na cabeça deles, ela era uma mentirosa nata, uma caça-dotes que mal podia esperar seu aniversário de doze anos para passar a mão na grana. Perdoavam Cosey. Tudo. Ao ponto de culpar uma criança pelo interesse que um homem adulto tinha nela. O que achavam que devia fazer? Fugir? Para onde? Havia algum lugar que Cosey ou Wilbur Johnson não pudessem encontrar?

Ele havia visto Heed mais recentemente que todos, no dia em que batera na porta e perguntara se podia aceitar Romen como ajudante depois da escola. Ela foi gentil. Muito bem arrumada, como sempre. Ofereceu café gelado para ele, provavelmente para fazer com que visse a posição de Christine na casa. Sandler sempre a achara menos complicada do que os outros achavam. Por causa da amizade com o marido dela, talvez. Ela lhe parecia mais branda por causa da lembrança de Bill Cosey lhe dizendo que não havia tocado nela até ela menstruar; esperou um ano e só então a levou numa lua-de-mel de iniciação. Mas ela não era fácil de se conviver. Não sabia dizer se era bonita ou não, porque quando pensava nela o que lhe vinha à mente eram palavras como "falsa" e "melindrosa". Falsa do jeito que qualquer um seria depois de saltar de um barraco para um castelo da noite para o dia. Melindrosa do jeito que qualquer pessoa seria se tivesse inveja mais May em cima das costas. Mas o que Sandler via não era nada do que Bill Cosey devia ver. Para ele era como se vinte e cinco anos não tivessem se passado. A Heed que Cosey relembrava nos seus copos no barco — como se ela estivesse morta — não era uma mulher carrancuda, sempre à espreita contra um desdém, sempre pronta a achar uma falha, mas um anjo de pernas compridas, com olhos de luz de velas e um sorriso ao qual ele não conseguia deixar de aderir.

Incomodado com as confidências sexuais de outros homens (ele certamente não faria nenhuma a respeito de si próprio), Sandler fazia questão de mudar de assunto. Mas se lembrava da expressão de Cosey, mordida pelo sonho, ao divagar sobre a primeira visão que teve de Heed: quadris estreitos, peito chato como uma tábua, a pele macia e úmida, como um lábio. Umbigo invisível acima de uns poucos pêlos acabados de nascer. Cosey nunca explicou a atração de nenhum outro jeito, a não ser para dizer que queria criá-la e que mal podia esperar para vê-la crescer. Que a observação constante, de perto, cujo prazer a maioria dos homens não conhecia, o mantinha não apenas fiel, mas vivo. Ao ouvir a descrição arrebatada que Cosey fazia da mulher, Sandler sentiu menos repulsa do que esperava ter sentido, uma vez que o quadro que aparecia da narrativa trazia à mente não uma criança, mas uma modelo de moda. Embora Cosey, naquela época, já estivesse inteiramente envolvido com mulheres crescidas, a lembrança de ter uma noiva criança ainda mexia com ele. Vida não tinha nada a dizer a esse respeito e Sandler não queria o sofrimento de puxar o assunto, de desequilibrar o ídolo da mulher com um golpe de lucidez.

Ah, bom. É para isso que eu sirvo, pensou. No dia em que Romen veio morar com eles, entendeu que teria de protegê-lo. Dos maus policiais, do massacre das ruas, da morte por drogas, dos canivetes de prisão e do fogo amigo nas guerras dos brancos. Jamais teria imaginado que uma mulher seria uma ameaça séria e seu primeiro real perigo.

Então ele e Vida planejaram um jeito de ele ficar a sós com o neto. Para sua surpresa, o rapaz gostou tanto da idéia quanto ele. Será que queria falar também?

Vida ficou à janela esfregando as mãos — um gesto de ação. Ver o marido e o neto saírem de carro para fazer alguma coisa a tranqüilizava. A geração de Romen a deixava nervosa. Nada do que aprendera na própria infância ou na criação de Dolly funcionava com eles e os pais todos estavam confusos. Hoje em dia, a primeira coisa em que se pensava no Natal era nas crianças; em sua geração era a última. As crianças agora choravam porque seus aniversários não eram banquetes; naquela época, o dia mal era lembrado. As histórias de luta contra dificuldades contadas por seus pais, que a fascinavam e fortaleciam, faziam Romen cobrir a boca para disfarçar um bocejo. O lapso decerto era normal, mas não era eterno. Aquele menino que jogou um balde de vísceras em cima de Bill Cosey não estava sozinho. Muita gente deu vivas.

Risos e aplausos interromperam a cantoria naquela tarde quente como um forno. Cosey estava consertando uma vara de pescar nos fundos do hotel. Jogava, enrolava, jogava de novo, aí deu a volta até a frente para ver que agitação era aquela; para ouvir, talvez, o canto, ou ler as faixas levantadas, algumas pedindo, outras exigindo. Quando chegou, de vara na mão, alguém achou que isso parecia desculpa para uma cena cuidadosamente preparada. Um menino pulou com um balde e jogou o conteúdo em cima de Bill Cosey. Os vivas se calaram quando Cosey ficou parado onde estava, os restos de animal borrifando os sapatos e a calça. Ele não se mexeu, nem para olhar a sujeira. Em vez disso, olhou cada um como se estivesse fotografando. Depois, encostou a vara de pescar na balaustrada da varanda e foi na direção deles. Devagar.

"Oi, Bella. Tarde, miss Barnes. Que bom ver você, George; aquele seu caminhão ainda está rodando?"

Falou com velhos e moços. "Como vai, Pete? Sua menina ainda na faculdade? Está bonita, Francie. E aí, Shoofly?..."

As saudações despertaram respostas corteses, contrariando o violento cheiro de detritos se coagulando nos punhos dele e marcando seu trajeto. Por fim, ele levantou a mão numa despedida geral e se retirou como se tivesse sido empossado ou batizado. A multidão ficou por ali, mas desordenada. Era esse o lapso que havia entre gerações em 1968, mas Cosey conseguiu atravessá-lo, neutralizá-lo; conseguiu dizer "não sou estranho, nem inimigo". Falar, na época, com respeito, mas a sério, era a ponte. Senão o espaço se enchia de merda de porco. Ele nunca fez o que estavam pedindo — dar terra —, mas tentou. Vida não sabia se fora May ou Heed quem impedira, porém ficou grata de alguém ter impedido. Moradia era mais importante que aulas de cerâmica. O que eles seriam agora? Peritos em tai chi, vagabundos mal-educados criando os filhos em construções condenadas e em caminhões de plataforma. A escolha, ela achava, não era entre ceder ao poder ou desalojá-lo. Era cumprir o dever com sua família e, no momento, isso significa uma conversa séria com um neto. Vida acreditava que Romen tinha uma tendência natural para cuidar dos outros, mas aparentemente não sabia, agora, o que fazer com isso.

Quinze embalagens quentinhas de alumínio estavam empilhadas em cima de um jornal no banco de trás, cada uma com um nome pregado com fita. A lista de pacientes que Vida havia pregado no visor continha também os endereços, como se ele pudesse esquecer que Alice Brent estava alugando quarto agora; que Mr. Royce tinha mudado para a casa da filha, que trabalhava de noite. Ou que Ms. Coleman, ainda de muletas, estava hospedada com o irmão cego na rua Governor. Os pacientes tinham três opções: peixe, frango ou churrasco, e a conflagração de aromas transformava o carro em uma cozinha onde a conversa podia ser mais fácil.

Romen ligou o rádio assim que entrou e mexeu nos botões até encontrar o que gostava: a música que Vida o obrigava a ouvir com fones de ouvido dentro de casa. Assim só a pulsação e o rosto atento de Romen a incomodavam — não as letras. Sandler gostava da música, mas concordava com a mulher que, ao contrário da linguagem sugestiva de sua geração ("Quero frutos do mar, mama. Arroz com frango é muito bom, mas me dá frutos do mar, mama"), a linguagem da música de Romen tinha a sutileza de um vazamento de óleo. "Polui e desfigura a mente natural", dizia Vida. Sandler estendeu a mão e girou o botão para o "off". Esperava que Romen desse um gemido, mas não houve nada. Rodaram em silêncio até chegarem à primeira casa da lista. Sandler teve de afastar da calça as mãos de três crianças para chegar à porta. Alice Brant insistiu para que entrasse, só desistindo da idéia quando ele disse que ela era a primeira, mas que tinha ainda catorze entregas para fazer. Lisonjeada, ela deixou que fosse embora. Ele ouviu Romen desligar o rádio de novo, tarde demais para Sandler não notar. Pelo menos, ele respeita minha preferência, pensou. Rodando para a pista, tentou pensar em algum assunto para bater papo. Alguma coisa que tivessem em comum, antes de começar o interrogatório ou o sermão. Ele e Vida não tiveram filho. Dolly, uma criança de temperamento dócil, obediente, dirigiu qualquer rebelião que pudesse ter sentido primeiro para o casamento precoce, depois para as forças armadas. Mas não devia ser tão difícil assim. O pai e o avô de Sandler não tinham problemas para dizer a ele o que fazer. Comandos curtos, cortantes: "Nunca leve a carga de um preguiçoso" quando ele carrega muito, de uma vez só, para economizar o número de viagens. "Se ela não tem respeito por si mesma, não vai ter por você" ou "Não pendure sua calça onde não pode pendurar o chapéu", quando ele contou uma conquista fácil. Nada de longos sermões e sem réplicas. Nada daquilo funcionava com Romen. Mau humor era o resultado das tentativas de Sandler nesse rumo. Crianças dos anos 90 não queriam ouvir "ditados" ou se orientar por lições muito vagas de se ler, quanto mais de entender. Encontravam mais conselhos em sua música martelada. Puro, sem nada misturado. Preto sem açúcar. Direto como uma bala.

"Ela está grávida?"

Romen ficou perplexo, mas não zangado, nem evasivo. "Não! Por que está me perguntando isso?"

Bom, pensou Sandler. Direto como seu pai, menos a ameaça. "Porque você passa bastante tempo com ela. Fazendo o quê?"

"Coisas."

"Que coisas?"

"A gente roda por aí", disse Romen. "Fomos lá naquele hotel velho sábado passado. Só para dar uma olhada." Para achar um chão, uma coberta, qualquer coisa, contanto que fosse num lugar estranho. As mãos dele ficaram molhadas de excitação porque ela insistiu que ele dirigisse. Não só porque não sabia dirigir, mas também porque ela gostava de ficar fuçando e distraindo-o enquanto ele batalhava para controlar a direção, e pela emoção de quase bater numa árvore ou cair numa valeta enquanto mexiam um no outro.

"Entraram lá?", Sandler perguntou.

"Entramos. Estava aberto." As portas com cadeados, as janelas duras como ferro deixaram Romen tão furioso que ele meteu o punho num vidro, com a mesma determinação da mão de Junior dentro de sua calça. Acharam que o lugar podia ser assustador: teias de aranha e cantos cheios de lixo. Em vez disso, a cozinha, brilhando à luz do meio-dia, os recebeu em cima da mesa e também entre as pernas da mesa. Outras salas estavam escuras, mas não menos promissoras. Junior contou cada uma enquanto eles se exploravam em todas elas, desde o saguão até o último andar.

"Acho que ninguém vai lá há anos. Deve ser um cassino de ratos", Sandler disse.

"Mais ou menos." Ratos não. Pássaros. Voando e piando nas vigas. O lugar todo tinha cheiro de vinho.

"Mas eles não incomodaram, não?"

"Não. Quer dizer. A gente estava só olhando, rodando, entende?"

"Com quem você pensa que está falando?"

"Não, é que, tipo..."

"Romen, nós dois somos homens ou não?"

Romen olhou os tênis de cano alto. Lona preta com um círculo branco legal.

"O.k., então. Chega dessa história. Seja franco agora."

"O.k. Bom. Ela gosta, ela gosta de..." Romen esfregou os joelhos.

"E você não?"

"Ah, sabe como é."

"O que aconteceu?"

"Nada. Quer dizer, é. A gente transou e, tipo, explorou aquilo tudo. Nada demais." A não ser o sótão. Para chegar lá, precisou trepar numa cadeira para alcançar a corrente, puxar os degraus retráteis e subir lá para dentro. "Precisa de fósforo", ele disse, "ou de uma lanterna." "Não precisa de nada", ela sussurrou. "Eu gosto no escuro." Um raspar de asas e um chiado quando entraram. Morcegos?, pensou ele, mas as asas que passaram voando, mergulhando para a luz do corredor que se infiltrava no sótão, eram amarelas, e ele ia dizer "Nossa, canários" quando ela o puxou para si. Era esconde-esconde então, rasgando treliças de teias de aranha. Se perder, depois se encontrar na sala escura feito breu; cambaleando, batendo a cabeça, tropeçando, caindo, agarrando um pé, um pescoço, depois a pessoa inteira, os dois desafiavam o escuro com risos altos e gemidos de dor e prazer. Pássaros guinchavam. Caixas de papelão caíam e se espatifavam. As tábuas do chão rangiam, depois rachavam debaixo deles, raspando sua nudez e apimentando a brincadeira, emprestando-lhe uma alta seriedade que ele nunca teria imaginado.

"Nada demais?"

"Bom, ficou meio, sabe como é. Acho que você ia dizer violento. Entende?" Ele a empurrou — não, jogou — contra a parede quando ela apertou suas partes íntimas —, e ela gemeu contente em vez de gritar quando ele mordeu o bico de seu peito, forte. Que mudou então. De preto para vermelho. Era como se, de fora, olhando, ele pudesse ver a si mesmo claramente no escuro — a pele raspada e suada, os dentes cintilantes e os olhos semicerrados.

"O que você fez, Romen? Desembuche."

"Eu não. Ela."

"Diga de uma vez, menino."

"Ela joga duro, só isso. Quer dizer, ela gosta de ser machucada."

Sandler freou num cruzamento. Levou um momento para se dar conta de que havia parado no sinal verde. Romen estava olhando pela janela do passageiro, esperando alguma resposta, algum comentário de adulto que valesse a sua confiança, a sua confidência, uma resposta à pergunta encolhida dentro de sua confissão. Um riso do avô significaria uma coisa. Reprovação significaria outra coisa. Havia algo mais? A luz do sinal mudou.

"O que você acha disso?" Sandler atravessou devagar o sinal vermelho, fingindo procurar um endereço.

"Estranho. Louco." Ela não só gostava. Ela preferia. Mas o impulso estava nele também. Parado ao lado dele mesmo, frio, sem sorrir, observando enquanto infligia e sofria dores acima do nível de grito onde havia um tipo novo de alegria escondido, o Romen que não agüentou luvas amarradas a um poste de cama, esmalte roxo em unhas roídas, o cheiro de lama e vegetais de corpos em ação — esse Romen evaporou. Para nunca mais ser visto, ele tinha certeza. Não inteiro, pelo menos. Só uma versão desbotada que, depois, sentia aborrecimento mais que vergonha. Ao voltar dirigindo do hotel, ele reclamara ("Esfria, menina. Pára com isso. Você vai acabar me fazendo bater o carro") da perna dela batendo na dele, da ponta da língua em seu pescoço, de mamilos enfiados em sua orelha. E havia outra coisa. Pela primeira vez, Junior havia tirado as botas *e* as meias. Quando se despiram na cozinha, como sempre ela ficou de meias.

No sótão, ela as tirou e amarrou uma com força no pescoço dele. Ele estava no meio da escada, descendo, quando olhou para cima. Junior, sentada na abertura, estava com a outra meia no pé. Ele não tinha certeza — havia pouca luz no corredor —, mas o pé que ela enfiou dentro da meia lhe pareceu um casco.

"Louco, é? Bom, eu nunca acreditei muito em livre-arbítrio. Não é nada se não for uma coisa que não dá para controlar." Sandler estacionou na frente de uma casa azul-pálido. O gramado na frente estava falhado, pedindo chuva. "Mas das poucas coisas que se podem controlar, uma é saber com quem a gente anda. Parece que você se amarrou com alguém que te incomoda, que te deixa inquieto. Esse tipo de sensação é mais que instinto; é informação, informação em que dá para confiar. Nem sempre se pode prestar atenção no que os outros dizem, mas você deve prestar atenção nisso. Não pense que se afastar quer dizer que você é frouxo. Pode salvar sua vida. Você não é desamparado, Romen. Nunca ache isso. Às vezes, precisa ter mais coragem para terminar do que para continuar. Alguns amigos a gente sabe que não traz para casa. Tem uma boa razão para isso, está me entendendo?"

"Sim, senhor. Estou ouvindo."

"Uma mulher é alguém importante e às vezes você ganha uma coroa tripla: boa comida, bom sexo e boa conversa. A maioria dos homens se contenta com qualquer uma dessas coisas, fica feliz da vida se conseguir duas. Mas escuta, deixa eu dizer uma coisa para você. Um bom homem é uma boa coisa, mas não há nada no mundo melhor que uma boa mulher boa. Ela pode ser sua mãe, sua esposa, sua namorada, sua irmã ou alguém com quem você trabalha. Não importa. Encontrou uma, fique com ela. Viu uma que assusta, dê no pé."

"Saquei", disse Romen.

As embalagens estavam frias, mas ainda saborosas, e Sandler estava alegre quando terminaram as entregas. Romen, ansioso por ajudar, saltava do carro primeiro a cada parada, levantava as bandejas como um garçom enquanto trotava para as portas. Vida ficaria contente. Não se aflija, ele ia dizer para ela. Relaxe. Olhou o neto, que não havia ligado o rádio, simplesmente se recostara no apoio de cabeça e dormira.

Romen, de olhos fechados, engoliu a saliva que sentia juntar na boca ao pensar na boca de Junior. Só de falar nela ficava excitado. Independentemente do que o incomodava, ela o derrubava. Mais que no começo, quando ela é que começava. Agora, com a ternura misturada à violência, a linguagem banal do desejo crivada de obscenidades, ele é que dominava. Podia bater nela se quisesse e mesmo assim ela se entregaria. Engraçado. Ela era como um bicho de estimação maravilhoso. Pode-se dar comida ou chicote — ele lambe a pessoa mesmo assim.

O rádio toca-fitas era para ela. O esfregão de esponja com cabo, para Heed. Assim como a escova de cabelo de cerdas mais finas que as da outra escova de Heed. Junior espalhou as compras em cima da mesa de jantar. Heed podia não gostar da escova, mas ia adorar a conveniência do pequeno esfregão para a higiene pessoal. Tinha até uma alça de pulso, para não escorregar de mãos que não funcionam direito. A melhor coisa, pensou Junior, era convencê-la a esquecer a banheira e mudar para uma ducha. Colocar um banquinho lá. Mais seguro. Mais fácil. Conseguir que ela instalasse dois chuveiros — um no segundo andar também. Todo aquele dinheiro e nada em que gastar. Se trancando de noite, sem ir a lugar nenhum de dia. Agora, ela queria ser conduzida de carro até o hotel em segredo. Nem Heed, nem Christine prestavam qualquer atenção no resto da casa — no que era preciso nela. A sala de jantar, grande, nunca usada, tinha de ser reformada. Livrar-se do ventilador de teto, da mesa feia. Colocar uns sofás, umas poltronas, uma televisão. Junior sorriu ao perceber que estava transformando o espaço na Sala de Recreação da Correcional. Bem, por que não? E a sala de estar também precisava de atenção. Tinha um ar de reprise, como uma casa em algum velho seriado de televisão com filhos ricos, barulhentos e pais falantes. Ela atravessou o hall e sentou-se no sofá da sala de estar. Um sofá modular, turquesa em cima do tapete que um dia foi branco. Os abajures cintilantes em forma de pêra das duas mesinhas laterais estavam rachados. Dois painéis de cortinas listradas pendiam murchos das varas; outros estavam rasgados. Sinais de combate, pensou. Antes de elas ficarem velhas demais ou cansadas demais para continuar brigando e assentarem em um silêncio inabalável.

Sentada ali, Junior sentiu a emoção de estar, de viver, em uma casa, uma casa de verdade, sua primeira casa. Um lugar com razões diferentes para cada cômodo e coisas diferentes para colocar dentro deles. Imaginou de que o seu Bom Homem gostava. De veludo? De vime? Teria ele escolhido aquilo? Será que se importava? Você não gostava daqui, gostava? Quem quebrou os abajures? Quem colou de volta — Christine? Será que foi Heed quem agarrou as cortinas? Ela fala de você o tempo todo. Como ela adorava você, mas está fingindo, certo? E Christine odeia você. Seus olhos estão sorrindo no quadro, mas sua boca parece faminta. Você casou com uma menina de onze anos. Eu fugi quando tinha sete. Me levaram de volta, depois me colocaram na Correcional. Eu tinha um boneco dos Comandos em Ação, mas tiraram de mim. Se você tivesse me conhecido naquela época, ninguém teria mexido comigo. Você teria tomado conta de mim porque você me entende, entende tudo e não vai deixar ninguém me pegar. Casou com Heed para proteger ela? Era o único jeito? Um velho tentou me convencer a fazer coisas. Me forçou. Mas eu não fiz. Se você estivesse lá, teria matado o homem. Disseram que eu tentei, mas eu não. Não tentei, quero dizer. Sei que você me chamou aqui. Li o anúncio num jornal que encontrei na estação rodoviária. Estava bem do meu lado no banco. Apostei. Tirei duas de vinte da carteira de uma mulher. Ela deixou a bolsa em cima da pia e foi até o outro canto do banheiro enxugar as mãos. Eu derrubei a bolsa e pedi desculpas. Ela não conferiu. Terry me emprestou umas roupas dela. Mais ou menos. Quer dizer, ela teria emprestado se eu tivesse pedido. Conheci a Terry no Red Moon. A Correcional me deu cem dólares por três anos de trabalho. Gastei em cinemas e restaurantes. Terry era garçonete no Red Moon. Ficamos amigas; demos muita risada. Ela me convidou para ficar com ela quando contei que estava dormindo durante o dia. Em bancos de igreja, cinemas, na areia perto do píer. Mudando sempre para os tiras não me verem e pensarem que estava bêbada ou tinha tomado alguma coisa. Eu nunca bebo, nem uso droga. É gostoso, mas a gente perde muita coisa quando a cabeça está fodida. Não quero perder nada, nadinha. Depois de ficar trancada todos aqueles anos. Minha culpa, acho. Eu tinha quinze anos e estava para sair. Devia ter pensado. Mas só conhecia Garotos, não Homens. Você gosta do meu Namorado? Ele é lindo, não é? Tão bonzinho e ruim. Quem tem aquelas pernas? Os ombros têm um quilômetro de largura e não mexem quando ele anda. Nossa. Quero ficar com ele para mim, certo? Ele atrasou hoje porque teve de ficar com o Avô. Estava um frio de gelo na garagem, mas trepamos mesmo assim, comendo churrasco. Devia ter visto a gente. Mas viu, não viu? Você vai aonde eu quiser e eu sei que gosta mais do hotel do que daqui. Dá para perceber quando eu e meu Namorado vamos lá. Sinto você naquele lugar todo. Heed quer que eu faça alguma coisa lá. Não me diz o quê, mas sei que é alguma coisa para acabar com Christine de uma vez. Vá sonhando. O jogo que elas estão jogando? As duas perdem. Só tenho de ter certeza de que eu não. Ou você. Não sei por que eu disse isso. Desculpe. Ainda não estou acostumada. Às vezes, esqueço que você é meu Bom Homem.

8. PAI

As botas de caminhada, compradas com orientação de Anna Krieg, eram tudo de que ela precisava. O caminho para o hotel é traiçoeiro para uma pedestre histérica em uma noite gelada, de tênis e sem meias. A durona Anna Krieg estaria preparada: mochila, água, lanterna, pão sueco, peixe seco, nozes. Christine havia aprendido a cozinhar com ela quando ambas, esposas de soldados americanos, estavam estacionadas na Alemanha. Mal chegada aos vinte anos, fiel ao posto comercial do exército, Anna era perita em vegetais frescos, batatas diversas, frutos do mar, mas principalmente em sobremesas voluptuosas. Lições de culinária e cerveja deixavam as noites alegres e adiaram o colapso do casamento de Christine numa desolação exatamente igual à das acomodações em que viviam. Em troca da amizade, Christine concordou em fazer uma excursão com Anna um dia. Comprou as botas boas e a mochila que Anna recomendou e uma manhã, cedinho, partiram. Na metade da metade do caminho, Christine parou e implorou para cancelar, para voltar à base. Estava com os pés em fogo; com os pulmões falhando. O rosto de Anna registrou extrema decepção, mas compreensão também. "Pobre americana frouxa, não tem garra, não tem vontade." Voltaram em silêncio.

Quando Christine abriu a porta, encontrou Ernie nos braços da esposa do sargento do Estado-Maior. Queria chutar o traseiro pelado dele, mas os pés doíam tanto que ela se conformou com seis garrafas de Spaten atiradas em rápida seqüência na cabeça dele.

Para benefício e moral das outras esposas daquele exército recém-dessegregado, sentiu-se obrigada às atitudes da raiva por ciúme, mas estava mais confusa do que zangada. Perplexa com o que Ernie Holder achava que era, além de um esfarrapado cabo que oferecera devoção, uma farda e a escapada para outro país em troca de sua lindamente educada pessoa. Ela o deixou no dia seguinte, levando a mochila, as habilidades culinárias e as botas de caminhada. De Idlewild, telefonou para a mãe. May pareceu aliviada de ouvir sua voz, mas dúbia quanto a seu retorno para Silk. A conversa confusa não manifestava curiosidade pela situação de Christine, no entanto era, por outro lado, temperada com referências à "esposa do brejo" e a um ônibus da "liberdade" queimado. Evidentemente, ela estava sendo aconselhada a não voltar.

Como a atmosfera que May descreveu parecia tão sufocante e provinciana, Christine ficou. Depois de duas noites não exatamente na rua (uma estação rodoviária não conta), depois de ser recusada na Associação Cristã de Moças, mudou-se para uma Casa Phillis Wheatley. O país, tão alegre e satisfeito consigo mesmo quando ela foi embora, estava agora assustado com ameaças vermelhas e listas negras. Só pela aparência conseguiu emprego em um restaurante como garçonete até descobrirem que sabia cozinhar. Era um bairro amigável, onde dava risada das maneiras que os clientes encontravam de descolar comida grátis e onde passou anos evitando e mentindo para May enquanto procurava um marido. Já havia encontrado três, nenhum dela mesma, quando conheceu Fruit. Na época já estava saturada e cheia das fofocas do local de trabalho envolvendo o proprietário, a mulher dele, a caixa e o cozinheiro de prato feito. A maldade sem sentido a deixava exausta, assim como o rumo da conversa entre ela e qualquer homem casado a que estivesse ligada. Não se importava de fato se ele se separava da mulher ou não, se dormia com a mãe dos filhos ou não, lhe dava um presente de Natal menor ou não. Mas como nunca tinham amigos comuns, não havia nada para conversar além das provas de afeição e das ameaças de rompimento. Era um traçado de vida, um rabisco em um guardanapo de papel ainda a ser preenchido enquanto ela decididamente se mantinha afastada do lar que May descrevera. Nessa ausência de objetivo apareceu Fruit, com uma mochilinha de lona e uma camisa de trabalho impecavelmente passada.

"Não esconda a carne. Gosto de ver o que estou comendo." Christine reteve o molho vermelho e deslumbrou-se com a clareza dele — que, descobriu depois, era seu hábito e seu dom. Quando ela ouviu o que ele disse, tudo ficou tão claro, de repente, que passou nove anos em sua companhia. Era um homem de ossos finos, intenso, com grandes e belas mãos e uma voz hipnótica. Ele esclarecia o mundo para ela. O avô dela (um burguês traidor); a mãe (uma cabeça amarrada com lenço); Heed (uma camponesa pretensiosa); Ernie (um enganador). Eles eram os "trouxas" que Malcolm X descrevia, com ácido pingando da palavra. Ele então definiu as obrigações dela. Pedindo desculpas por sua pele clara, pelos olhos cinzentos e pelo cabelo ameaçadoramente, mortalmente sedoso, Christine se transformou em uma dedicada ajudante, coerente e contente em ajudar. Mudou o guarda-roupa para "maternal", afiou a linguagem para ativar slogans, levava uma faca para se defender, escondia o cabelo não autêntico com requintados tipos de gel; pendurava conchas de cauri nas orelhas e nunca cruzava as pernas no joelho.

Seus medos de que pudesse desapontar um homem desses, fogoso, incorruptível, exigente, ou que ele pudesse ser forçado a tratá-la como lama nunca se realizaram porque Fruit adorava lama. O jeito como via o solo, a terra, a colheita, era um romance que repartia com ela. Uma fazenda, disse ele, se tivéssemos uma fazenda podia ser uma base para nós. Christine concordou, mas as coisas aconteciam muito depressa e o dinheiro (conseguido por coleta, sedução, extorsão) era necessário para outras emergências.

Pelo país inteiro havia bairros adormecidos que precisavam despertar, gente jovem distraída precisando de um foco. As botas de caminhada foram amaciadas em passeatas; a mochila simulava conforto em manifestações. Estimulada por alegre ebulição e determinação, a vaidade de Christine se transformou em legitimidade racial e seu talento para representar se transformou em indignação. Ela mal se lembrava das brigas agora: informantes em quantidade, dinheiro sujo, atos fortuitos versus planos de longo alcance, clandestinidade versus namoro com a mídia. O grupo tinha dezessete pessoas — onze negros, seis brancos —, uma clandestinidade formada depois do julgamento de Till. Independentes, autônomos, juntavam-se a outros grupos apenas quando consideravam a atividade suficientemente forte. Ela saboreava o trabalho; vicejava com sua seriedade e estava totalmente comprometida com Fruit. Lá, com ele, ela não atrapalhava; estava dentro. Não a esposa rompida, a amante excedente, a incômoda filha indesejada, a neta ignorada, a amiga descartável. Era valiosa. Não havia razão para aquilo não durar. A urgência plantada em 1955 florescera em 1965 e estava madura com fúria em 1968. Em 1970, solapada por funerais, parecia ter declinado para ela. Nina Simone ajudou a atrasar o começo do fim. Aquela voz atribuía status à submissão feminina e romantismo à transgressão embotada. Então, quando o fim chegou, não era reconhecível como tal. Uma pequena, quase insignificante descarga de privada. Depois de um aborto de rotina, o último de sete, ela se levantou, baixou a manivela e virou-se para ver a água girando. Ali, em um borrão vermelho congelado, julgou ter visto um perfil. Por menos de um segundo aquela imagem completamente impossível aflorou. Christine tomou um banho e voltou para a cama. Sempre fora pouco sentimental com abortos, considerava-os um elo a menos na corrente aprisionadora e não queria ser mãe — nunca. Além disso, ninguém a deteve ou sugeriu que fizesse outra coisa: revoluções precisavam de homens — não de pais. Então aquela sétima intervenção não a perturbou em nada. Embora compreendesse que ela é que havia conjurado aquele olho não nascido desaparecido em uma nuvem de vermelho framboesa, mesmo assim, imaginou, depois, quem é que havia olhado para ela com tamanho interesse silencioso. Nos momentos mais estranhos — enclausurada em uma sala de espera de hospital com a mãe chorosa de um menino baleado, distribuindo garrafas de água e passas para estudantes exaustos —, aquele olho reservado parecia estar lá, à vontade no caos de tiras e lágrimas. Se tivesse prestado mais atenção, talvez pudesse ter protelado, até impedido, o fim de verdade, mas morreu o seu avô. Fruit animou-a a comparecer ao enterro (família é família, ele disse, sorrindo, mesmo que sejam cretinos políticos). Christine hesitou. Teria de estar na companhia assassina de Heed; sua mãe e ela continuariam discutindo política, como faziam em telefonemas intermitentes, gritando acusações. Por que vocês não podem simplesmente calar a boca? Trezentos anos de boca calada não chegam para você? Vamos perder tudo! Tudo pelo que trabalhamos como escravos! BLAM.

Ele estava morto. O sórdido que a apresentara à vileza e colocara a culpa nela.

Ele estava morto. O poderoso que abandonou sua própria gente e transferiu o mando para sua amiguinha.

Ele estava morto. Bom, tudo bem. Ela iria para ver o desastre que ele deixava para trás.

Ninguém está vigiando agora. Desapareceu há muito, o olho imparcial, junto com a mochila e as botas de caminhada de que precisa desesperadamente agora se quiser impedir a víbora e sua sequaz de destruírem o equilíbrio de sua vida. As duas, Heed e Junior, não estavam em parte alguma da casa. A garagem estava vazia, a entrada deserta. Nada podia fazer Heed sair de seu quarto a não ser uma maldade — e de noite? Só há um lugar no qual pode estar interessada — no hotel —, e não havia tempo a perder, nem que tivesse de correr o trajeto todo.

Ninguém podia adivinhar, mas Fruit era oito anos mais novo do que ela, então é claro que se satisfazia com outras mulheres. Essa era a beleza, a honestidade da relação deles. Acima de todos, ela, rainha dos maridos seduzidos, compreendia, já que crescera em um hotel onde o andar na ponta de pés descalços, o rumor atrás do barracão de equipamento, o olhar mortal de uma hóspede dirigido a outra era assunto de todo dia. Não tinha escutado o avô dizer para a esposa, na frente de todo mundo: "Não abane esse rabo para mim. Eu não quero isso e não preciso disso", deixando a mulher a dançar sozinha na festa de aniversário, enquanto ele corria atrás de fosse quem fosse de quem precisava de fato? Apesar de Ernie Holder e das Spaten voando em cima da cabeça dele, ter um homem queria dizer reparti-lo. Acostumar-se com isso e manter a elegância, certo? A cama de outras mulheres não era problema. Afinal, com todo o trabalho a fazer, quem tinha tempo de monitorar cada trepada por fora? Ela era a mulher apontada com o dedo, que todo mundo identificava assim. Os nomes dos dois, falados numa reunião de planejamento, soavam como um doce: Fruit e Chris. Chris e Fruit.

E o doce não se desmanchou até alguém estuprar uma das estudantes voluntárias. Foi um Camarada. A menina, envergonhada demais para se zangar, implorou a Christine que não contasse a seu pai, que era reitor de uma universidade.

"Por favor, por favor, não conte."

"E sua mãe?"

"Ah, não! Ela vai contar para ele!"

Christine ficou indignada. Como um filhote de dobermann em treinamento, a menina se recolhera ao modo de proteção. O Bom Papai Grande Homem não pode saber. Christine a ignorou, contou para todo mundo e ficou especialmente satisfeita com a reação de Fruit. Todos cuidaram da menina, xingaram e se encolerizaram com o que o Camarada havia feito; prometeram falar com ele, castigá-lo, expulsá-lo. Mas não fizeram nada. Na próxima vez que ele apareceu, foi: "Oi, cara, como vai?". Quando Christine encostou Fruit na parede, ele contou o que o Camarada havia dito: não era culpa dele se a garota ficava em cima dele, sem sutiã, sentada de qualquer jeito, ele até deu um tapinha no traseiro dela para mostrar que estava interessado, ela riu em vez de lhe dar um soco no queixo e perguntou se queria uma cerveja. Fruit sacudiu a cabeça, lamentando a burrice humana e a política retrógrada. Mas a única coisa que fez foi lamentar. Independentemente de ela insistir no "conversar com ele" — sem falar em "punir" e "expulsar" —, ele nunca agiu. Sim, Fruit considerava o Camarada uma ameaça, mas não podia dizer isso a ele. Sim, achava que o Camarada havia colocado em risco os princípios da causa, mas não podia confrontá-lo. A violação da garota perdia o peso diante da violação mais vigorosa do companheirismo masculino. Fruit podia censurar, expulsar, espancar um traidor, um covarde ou qualquer babaca pela menor ofensa. Mas não esse — esse ataque a uma menina de dezessete anos não era nem uma nota de pé de página anotada às pressas em sua lista de Comportamento Inaceitável, uma vez que o estupro não pertencia a ele. Christine fez a equação racial: a estuprada é negra e o estuprador é branco; ambos são negros; ambos são brancos. Qual combinação influenciaria a decisão de Fruit? Teria ajudado se os gemidos de comiseração das outras garotas pela menina estuprada não estivessem entrelaçados com outras perguntas perturbadoras: o que *ela* fez? Por que ela *não*...?

Christine acabou se calando a respeito e o bom trabalho de desobediência civil e obediência pessoal prosseguiu, interrompido só de vez em quando pelo perfil, virando, oferecendo seu olho não crítico. Quando ela voltou do funeral do avô, abriu a mochila e sacudiu o saco de papel de anéis de noivado. Solitários de todos os tamanhos. Suficientes para fazer doze mulheres assinarem o livro de hóspedes do Hotel do Faz-de-Conta. A questão, aparentemente, era se a suíte seria confortável. Em 1973, a avenida Tremaine, com seu alto nível de conforto, era muitíssimo atraente. Principalmente quando todo mundo, militantes e moderados, queriam estar dentro e fora ao mesmo tempo, o bom trabalho de desobediência estava se fundindo com uma disfarçada aquiescência. As questões mudaram, se espalharam, mudaram das ruas e portarias para escritórios e conferências em hotéis elegantes. Ninguém precisava de uma mulher trabalhadora-de-rua-baby-sitter-cozinheira-mimeografista-manifestante-fornecedora-de-nozes-e-passas que, afinal, estava velha demais para os jovens e modernos estudantes com estratégias complexas; uma mulher não educada o bastante para a multidão universitária, não rasa o bastante para a televisão. O olho desinteressado, cuidadosamente estudado pela Corte Suprema, havia se fechado. Ela era irrelevante. Fruit percebeu seu desespero e os dois se separaram como amigos.

Ele foi, ela pensa, o último amigo de verdade que teve. Ele teria lamentado de novo se soubesse com o que havia se conformado: agregada de uma cópia mimeografada de seu avô burguês. E com razão, porque depois que o dr. Rio a expulsou, não havia nada como o lar, não havia outro lugar senão o lar. O dela. Resistir e impedir que uma víbora maluca a expulsasse.

Na última vez que passou por aquela estrada, Christine estava num carro. E na frente, porque a saia armada — uma montanha de chiffon azul-seco — precisava de espaço. Usando um vestido de estrela de cinema, sem alças, com pedras de cristal cintilando no decote. Sua mãe no banco de trás; o avô dirigindo o Pontiac 1939, que o deixa irritado porque já é 1947 e os carros do pós-guerra ainda não estão disponíveis para a maioria dos civis. Por isso ele está falando, explicando seu estranho humor num momento de grande comemoração: o aniversário atrasado dos dezesseis anos e a festa de formatura de Christine. Ela acha que a razão verdadeira da agitação dele é a mesma razão de ela e a mãe estarem exultantes. No jantar apenas familiar que houve antes da festa no hotel, as duas tinham conseguido eliminar Heed e ter o prazer de vê-la disciplinada pelo marido. Enfim, os três estão sozinhos. Nada de esposa ignorante, pegajosa, para estragar aquela magnífica exibição de volta ao lar.

Christine, levada do carro pelo braço do avô, faz uma entrada encantadora; um "Oh que menina tão linda num vestido perfeito" prova e conseqüência da ascensão racial e de sonhos adequados. A banda toca "Parabéns a você" sobre o aplauso da multidão, depois prossegue com "Harbor lights". May sorridente. Christine brilhando. O hotel está lotado de veteranos fardados, casais em férias e amigos de Cosey. Os músicos passam para "How high the moon", uma vez que o futuro não é apenas luminoso, ele está lá, visível nos cheques de pagamento, tangível nos benefícios da lei de reajuste dos recrutas, audível na habilidade da vocalista. Dê só uma olhada, pelas portas amplas, no céu acima da pista de dança ao ar livre e veja como estão as estrelas. Escute as ondas rolarem; aspire o perfume do mar, como é doce e masculino.

Então, uma vibração, um murmúrio de descrença. Cabeças se voltam. Heed está no centro da sala dançando com um homem de jaquetão verde. Ele a levanta acima da cabeça, depois a desce entre as pernas, joga-a para um lado, afasta-a dela e sobe com as pernas dobradas a tempo de encontrar os quadris dela, que rebolam em direção a sua pélvis contraída. A banda toca alto. A multidão se dispersa. Bill Cosey pousa o guardanapo na mesa e se levanta. Os hóspedes olham de lado à passagem dele. O jaquetão se detém no meio do passo, a corrente do relógio de bolso balançando. O vestido de Heed parece uma combinação vermelha; as alças caem até os cotovelos. Bill Cosey não olha para o homem, nem grita, nem empurra Heed. Na verdade, ele não toca nela. Os músicos, alertas a todas as nuances do drama coletivo, se calam, de forma que todo mundo ouve a dispensa de Bill Cosey e sua solução.

O fragor do mar soa no ouvido de Christine. Não está tão perto da praia que dê para ouvir, então deve ser sua pressão que subiu. Em seguida, virão a tontura e os ziguezagues de luz diante dos olhos. Devia descansar um momento, mas Heed não está descansando. Heed está fazendo alguma coisa secreta com uma aranha saudável para ajudá-la.

Já devia saber. Ela sabia de fato. Junior não tinha um passado, nenhuma história além da própria. As coisas que não sabia ou de que nunca tinha ouvido falar formariam um universo. No minuto em que a garota sentou à mesa da cozinha entremeando suas mentiras com Sim, senhora, vertendo cheiro de rua aos gritos, ela entendeu: essa moça é capaz de tudo. Porém exatamente isso é que era tão atraente. E não havia como não admirar qualquer garota que sobrevivesse na rua sem uma arma. Os olhos ousados, o sorriso travesso. Sua disponibilidade para fazer qualquer trabalho, enfrentar qualquer dificuldade, era uma bênção para Christine. Contudo, mais que isso, Junior escutava. Reclamações, piadas, justificativas, conselhos, reminiscências. Nunca acusando, condenando — simplesmente interessada. Naquela casa silenciosa, conversar com qualquer pessoa era como música. Quem se importava se desaparecia com o neto de Vida de vez em quando? Sorte dele. Distração para ela. Uma garota alegremente sexuada tinha mais possibilidades de ficar. O que Christine esquecera era o credo do fugitivo: rodar, relaxar, deixar rolar. Quer dizer, amizade sim. Lealdade não.

O hotel é mais escuro que a noite. Nenhuma luz, mas o carro está parado na entrada. Nenhuma voz também. O mar está sussurrando por baixo do sangue que ruge em seus ouvidos. Talvez seja uma armadilha. Talvez, ao abrir a porta, elas a matem, como não matariam Anna Krieg, que teria tido a sensatez de não sair de casa de tênis e sem um canivete suíço. Cambaleando no escuro, nunca se sentiu mais sozinha. Igual àquela vez em que descobriu como a solidão pode ser súbita, profunda. Tinha cinco anos quando o pai morreu. Num sábado, ele lhe deu um boné de beisebol, na segunda-feira seguinte desceram a escada com ele em cima de uma maca de metal. Tinha os olhos semicerrados e não respondeu quando ela o chamou. As pessoas chegavam sem parar para consolar os pais, a viúva; cochichavam que era difícil perder um filho, um marido, um amigo. Nada foi dito sobre a perda de um pai. Simplesmente lhe davam palmadinhas na cabeça e sorriam. Foi a primeira vez que se refugiou embaixo da cama de

L, e se tivesse direito de escolha estaria lá agora em vez de dirigir-se para um lugar que a embalava em medo e... e... qual era o outro sentimento? Ah, sim. Tristeza.

Christine olha o escuro que envolve a escada da varanda onde uma criança ensolarada está rígida de medo e dor de abandono. Mas sua mão levantada em despedida é mole. Só o laço de fita em seu cabelo é mais lânguido que aquela mão. Além de seu olhar, uma outra criança, espiando pela janela de um automóvel, ociosa, ronronando como um gato. O motorista é avô de uma, marido da outra. O rosto da passageira é uma mistura de olhos perturbados, sorriso e confusão. A mão mole acena enquanto os dedos da outra apertam a janela do carro. Será que vai quebrar? Seus dedos quebrarão o vidro, cortando a pele e derramando sangue pelo lado da porta? Pode ser, porque está apertando muito forte. Os olhos estão arregalados, mas ela está sorrindo também. Será que quer ir? Por que ele está levando uma para uma lua-de-mel e deixando a outra? Vão voltar, não vão? Mas quando? Ela parece tão sozinha naquele carro grande, mas está sorrindo — ou tentando sorrir. Tem de haver sangue. Tem de haver sangue em algum lugar, porque a criança na varanda está rígida diante dessa possibilidade. Só a mão de despedida é macia, mole. Como o laço de fita no cabelo.

Um espinho de dor raspa o ombro de Christine quando ela sobe a escada. No escuro estende a mão para a maçaneta. Não consegue encontrar. A porta está aberta.

"Tem certeza de que quer fazer isto? Podemos voltar." Junior deixa o motor ligado. O lindo anel de nariz cintila no sol de fim de tarde. "Ou me diga o que procurar e a senhora fica aqui." Ela está nervosa. Seu Bom Homem não aparece faz algum tempo. Espera que ele esteja ali no hotel. Está indo tudo bem, mas seria melhor se ele estivesse por ali para confirmar. "Podemos fazer isso algum outro dia. A hora que a senhora quiser. Mas é a senhora quem sabe."

Heed não está ouvindo. Nem está olhando pela janela um hotel em ruínas ao entardecer. Tem vinte e oito anos de idade, está à janela do segundo andar olhando para o gramado e, além dele, para a areia e o mar. Abaixo dela, mulheres e crianças parecem borboletas entrando e saindo das barracas. Os homens de camisas brancas, ternos pretos. O pregador está numa cadeira de balanço; não tirou o chapéu de palha. Cada vez mais, ela aluga o hotel para igrejas, para grupos. Os antigos hóspedes, mais velhos agora, não voltam sempre ao Cosey's Hotel. Os filhos deles estão preocupados com boicotes, com legislação e direito de voto. Uma mãe está sentada afastada, lenço branco em cima do seio que amamenta. Uma mão segura o bebê, a outra abana devagar, para o caso de alguma mosca se aproximar. Podia ter tido filhos também, Heed está pensando. Teria tido se soubesse em 1942 o que uma escorregada para os braços de outro homem lhe ensinou em 1958: que não era nada estéril. O homem — ele veio recolher o corpo de seu irmão, acompanhá-lo no trem de volta para casa. Relembrando a dor de perder dois irmãos, Heed diz a ele que seu quarto estará livre quanto tempo ele quiser. E se puder fazer mais alguma coisa... Ele sentou na cama e chorou. Ela tocou seu ombro que subia e descia numa dor incontrolável. Nunca tinha visto um homem sóbrio chorar. Heed se ajoelhou, olhando a mão que cobria os olhos dele, e pegou a outra que estava sobre o joelho. Os dedos dele agarraram os dela e ficaram nessa posição até ele se acalmar.

"Desculpe. Me desculpe", ele disse, procurando o lenço.

"Não tem de quê. Não se desculpe nunca por chorar por alguém." Ela estava quase gritando e ele a olhou como se ela tivesse dito a coisa mais inteligente do mundo.

"Precisa comer alguma coisa", disse ela. "Vou trazer uma bandeja. Quer alguma coisa especial?"

Ele sacudiu a cabeça. "Qualquer coisa."

Ela correu para baixo, entendendo de repente a diferença entre ser necessária e ser obrigada. Na cozinha, preparou um sanduíche de carne de porco assada e cobriu a carne com molho apimentado. Pensou na barriga adorável que esticava a camisa e acrescentou uma garrafa de cerveja além da água gelada sobre a bandeja. L olhou a comida, desconfiada, e Heed respondeu à pergunta não formulada. "É para o irmão do morto."

"Coloquei demais?", perguntou quando ele mordeu o sanduíche.

Ele sacudiu a cabeça. "Perfeito. Como você sabia?"

Heed riu. "Mr. Sinclair, fale diretamente comigo se precisar de alguma coisa. Qualquer coisa."

"Knox. Por favor."

"Eu sou Heed", ela disse, pensando: tenho de sair deste quarto senão vou beijar a barriga dele.

Knox Sinclair ficou seis dias, tempo necessário para fazer os arranjos, preparar e despachar o corpo para Indiana. Cada dia era mais glorioso que o anterior. Heed o ajudou com telefonemas, envio de dinheiro por telégrafo, viagens a Harbor para providenciar o atestado de óbito. Atendeu-o com o cuidado de qualquer bom gerente de hotel ao ter um hóspede afogado.

Essa era a desculpa. A razão era Jimmy Witherspoon cantando "Ain't nobody's business if I do". Ela satisfez seu desejo e pôde aninhar e acariciar a barriga dele toda noite, enquanto o marido entretinha a clientela, e de manhã, enquanto ele dormia para se recuperar. Fez Knox falar do irmão, de sua vida, só para ouvir o sotaque do Norte. Ficou perplexa de ser querida por um homem de sua idade que a achava interessante, inteligente, desejável. Então é isso que é ser feliz.

"Para sempre" foi o que prometeram um ao outro. Ele vai voltar dentro de seis semanas e irão embora juntos. Durante seis semanas, as "festas" de pescaria de papá foram um alívio, seus murmúrios noturnos, patéticos. Ela planejou com tanto cuidado que nem L percebeu; roupas novas embaladas em duas malas; a caixa modesta, mas regularmente saqueada.

Ele nunca apareceu.

Ela telefonou para a casa dele em Indiana. Uma mulher atendeu. Heed desligou. Ligou de novo e falou com ela.

"É da residência dos Sinclair?"

"É, sim." Uma voz cálida, gentil.

"Posso falar com Mr. Sinclair, por favor?"

"Desculpe, ele não está em casa. Gostaria de deixar recado?"

"Não. Até logo. Isto é, obrigada."

Outra ligação. A voz cálida atende. "Aqui é Mrs. Sinclair. Posso ajudar em alguma coisa?"

"Aqui é Mrs. Cosey. Do hotel onde Mr. Sinclair ahn se hospedou."

"Ah. Algum problema?"

"Não. Ahn. A senhora é a esposa?"

"De quem?"

"De Knox. Quer dizer, de Knox Sinclair."

"Ah, não, não. Sou mãe dele."

"Ah. Bom. Podia dizer a ele, pedir que ligue para mim? Mrs. Cosey no..."

Ele não ligou e Heed telefonou mais sete vezes, até a mãe dizer: "Eu perdi um filho, querida. Ele perdeu um irmão. Por favor, não ligue aqui de novo".

Seu coração esmagado logo se curou quando descobriu, depois de quinze anos de perguntas e de pena, que estava grávida. Triste como estava pelo Knox "não está em casa", ela trocaria um pai por um filho a qualquer momento. Estourando de expectativa, sentia-se boa, generosa. Única, mas não isolada; importante sem precisar provar isso. Quando um único episódio de sangramento foi seguido de pesada hemorragia, ela não ficou alarmada, porque seus seios continuaram a inchar e seu apetite continuou voraz. O dr. Ralph lhe garantiu que estava tudo bem. Ganhava peso com a intensidade dos olhares de May e a constância dos sorrisos de papá. Não teve menstruações durante onze meses e não teria por mais onze se L não lhe desse uma bofetada — forte —, depois olhasse em seus olhos, dizendo: "Acorde, menina. Seu forno está frio". Depois de meses de escuridão, piorados pelo desprezo público e pelo afastamento do marido, ela despertou de fato e, magra como uma bruxa, saiu para a luz do dia montada em uma vassoura.

A mãe termina de amamentar e nina o bebê no ombro. Para frente e para trás. Para frente e para trás. O pessoal da igreja, descolorido pela lua que sobe, deixa o gramado em pequenos grupos. Depois de comer demais. Gritando alegres despedidas.

O bebê era um menino, tem certeza, e se tivesse nascido ela não teria de se esgueirar, conduzida por uma adolescente desgarrada a um hotel caindo aos pedaços a fim de garantir seu lugar.

Ao tirar a chave, Heed nota o vidro quebrado na porta.

"Alguém invadiu aqui."

"Pode ser", diz Junior. Ela abre a porta.

Heed vai atrás e espera enquanto Junior procura em sua sacola de suprimentos: lâmpadas, tesoura, caneta, lanterna. Não vai escurecer por uma hora ainda, pelo menos, então podem enxergar facilmente o caminho para o terceiro andar até a corrente pendurada no alçapão do sótão. Lá, a lanterna se torna necessária para Junior encontrar o soquete do teto.

Sobe em uma caixa, aparafusa a lâmpada e puxa a cordinha.

Heed fica chocada. O aspecto do sótão, há décadas indelével em sua memória, vai pelos ares. Caixas por todo lado, em confusão, abertas, quebradas, de cabeça para baixo. Estrados de molas apoiados perigosamente em cadeiras quebradas, ancinhos, amostras de carpete, panelas de cozinha. Desorientada, Heed gira, dizendo: "Eu disse que alguém entrou aqui. Tentando roubar de mim".

"Moleques talvez", diz Junior. "Brincando por aí."

"Como você sabe? Pode estar faltando alguma coisa. Olhe esta bagunça. Isto vai levar a noite inteira." Heed olha um ventilador elétrico enferrujado. Seus nervos estão tensos.

"O que está procurando?" Junior fala manso, tentando tranqüilizá-la, pensando: a gente deve ter assustado os passarinhos. Nenhum piou.

"Rinso", Heed diz, ríspida. "Uma caixa grande e velha que diz R-I-N-S-O. Deve estar em algum lugar."

"Bom", diz Junior, "vamos começar."

"Não consigo andar nessa bagunça."

"Espere aqui." Junior arrasta e empurra até abrir um caminho da frente aos fundos. Por cima das tábuas tortas do chão, estende um metro de carpete florido e endireita uma caixa de sapatos de homem. As teias de aranha não são problema.

Enquanto procuram, Junior sente cheiro de pão assando, algo com canela. "Está sentindo esse cheiro?", pergunta.

Heed aspira. "É o cheiro de L", diz.

"Nem o inferno deve cheirar tão gostoso", Junior responde.

Heed deixa passar.

"Ali! Olhe!" Junior aponta. "Está atrás da senhora. Ali em cima."

Heed se vira para olhar. osniR. "Aí não está escrito Rinso."

"Está de cabeça para baixo." Junior ri.

Heed fica envergonhada. "Devo estar ficando cega", diz. De repente, Junior incomoda. Que ar é aquele? Caçoada? Desrespeito? "Aqui", ordena, apontando o lugar onde quer que Junior coloque a caixa.

Instalada por fim, caixa como cadeira, cadeira como mesa, Heed folheia uma pilha de menus. A maioria tem apenas o mês e o dia, mas diversos mostram o ano: 1964. Está para indicar a Junior o que escrever nos espaços quando nota a caneta esferográfica nos dedos de Junior.

"O que é isso? Eu disse caneta-tinteiro. Ele não usava dessas. Não usava nada que não fosse tinta de verdade. Ah, meu Deus, você vai estragar tudo. Eu falei! Não falei para você?"

Junior baixa os olhos, pensando: que porra ela pensa que é, eu ajudando a roubar, a enganar, a mentir e ela fala comigo que nem um guarda? Mas diz:

"Em 1964, talvez ele usasse."

"Não, ele não. Você não sabe do que está falando."

"Bom, caneta esferográfica prova que é mais recente, não é? Uma versão posterior", idiota.

"Você acha?"

"Claro", sua vaca ignorante.

"Pode ser que você tenha razão. O.k. Escreva o seguinte." Heed fecha os olhos e dita. "Deixo todos os meus bens terrenos para minha querida esposa Heed the Night..."

Junior levanta os olhos, mas nada diz. Está claro por que o Bom Homem parou de gostar dela — se é que algum dia gostou. "Bem terreno." Será que ele está ouvindo? Está dando risada? Está ali? Ela não sabe dizer. O pão de canela não é ele.

"... que esteve ao meu lado fielmente todos estes anos. No caso de morte dela, se não deixar testamento próprio, que tudo vá para..." Heed faz uma pausa, sorri. "Solitude Johnson."

É. Claro. Junior escreve depressa. Praticou a caligrafia do Bom Homem à perfeição. “É só isso?”, pergunta.

“Shh!”

“O que foi?”

“Estou ouvindo alguma coisa.” Os olhos de Heed se arregalam.

“Eu não.”

“É ela.”

“Christine? Não estou ouvindo nada.”

“Nem poderia.”

Heed se levanta, olha em torno procurando alguma coisa para se proteger. Não há nada.

“Não se preocupe”, diz Junior. “Se ela chegar perto, eu...”

“Idiota! Ela esfrega o chão com você!” Arranca a caneta das mãos de Junior e espera. Ambas escutam os passos cautelosos subindo a escada. Ambas olham a coroa da cabeça, depois o rosto aparecer na luz. Os olhos são terríveis. Christine entra na sala e fica imóvel. Para respirar? Para se decidir? Junior rompe o silêncio.

“Ah, oi”, diz. “Como você chegou aqui? A gente estava olhando umas coisas. Para o livro dela, lembra? Uma datas que precisam ser checadas, certo? Pesquisa é isso, dizem.”

Se as duas a escutam, não dão sinal disso. Christine continua imóvel; Heed está se movimentando, cautelosamente dando um passo, depois outro, a Bic presa entre a palma da mão e o polegar forte. Os olhos de cada uma pregados nos da outra. As primeiras pontadas de culpa, raiva, fadiga, desespero são substituídas por um ódio tão puro, tão solene, que parece belo, quase sagrado.

Junior mexe a cabeça da esquerda para a direita, como uma fã de tênis. Sente mais do que vê para onde Heed, cega a tudo que não seja a figura imóvel diante dela, está indo, um passo de cada vez. Cuidadosamente, com a ponta da bota, Junior vai puxando o pedaço de carpete para si. Ela não olha, nem chama. Em vez disso, vira para sorrir para Christine, cujo sangue pulsa mais alto que o rangido, de forma que a queda é igual a um filme mudo e as mãos macias retorcidas sem nenhuma esperança de se agarrar à madeira podre se fundem, se apagam em preto, como os filmes sempre fazem, e a sensação de abandono libera uma solidão tão intolerável que Christine cai de joelhos, olhando o corpo arqueado lá embaixo. Ela desce correndo a escada, atravessa o corredor e entra no quarto. De joelhos de novo, vira-se e ampara Heed nos braços. Na luz que se filtra de cima, cada uma procura o rosto da outra. A sensação de sagrado ainda está viva, assim como a sua pureza, mas está mudada agora, dominada por desejo. Velho, decrépito, mas agudo. A luz do sótão se apaga, e, embora as duas possam ouvir as botas correndo, o motor do carro dando partida, não ficam nem surpresas, nem interessadas. Ali, num quarto de menina, um teimoso esqueleto se mexe, estala, se revigora.

O aroma de pão fresco era intenso demais. Perfumado com canela. Ele não estava lá. Embora Junior ainda não conseguisse dizer o que ele podia estar pensando, tem certeza de que ia dar risada quando lhe contasse, quando mostrasse o menu forjado que sua esposa cabeça-de-vento achou que iria funcionar, e as revisões que Junior fez para o caso de funcionar mesmo. Desculpe, Solitude. Pisou um pouco mais fundo no acelerador. Era uma tentativa, não premeditada, mas que podia acabar do jeito que ela sonhara. Se uma delas ou as duas saíssem, ela diria que correu para buscar ajuda ou alguma coisa. Mas primeiro tinha de ir até a rua Monarch, encontrá-lo, repartir sua emoção, seus sentimentos. Estacionou e desceu correndo a escada. A porta da cozinha estava escancarada, batendo no ar gelado. Christine devia ter saído não apenas apressada, mas fora de si. Não tinha apagado a luz, nem desligado o forno, e um pernil de carneiro todo encarquilhado colava-se em seu molho, caramelizando a assadeira. Junior virou o botão para "off", depois andou pelos quartos, irritada com o cheiro de carne queimada que escondia a colônia dele. Ele não estava em parte alguma, nem mesmo no estúdio, então ela foi direto até ele. Bom. Lá estava ele. Sorrindo em boas-vindas acima da cama de Heed. Seu Bom Homem.

Na rua Monarch, Romen pedalou para a entrada. Encostou a bicicleta na porta da garagem e notou a fumaça subindo do Oldsmobile. Tocou no capô. Estava morno. Quando Junior respondeu a seu toque na porta, pareceu-lhe tão bonita quanto é possível para um ser humano. O cabelo como era quando a viu pela primeira vez: macio, vistoso, misturando ameaça e convite. Os olhos de ficção científica, brilhantes, e estava usando o sorriso número trinta e um. Transaram ali mesmo e ele nem pensou em perguntar onde estavam as mulheres até Junior levá-lo ao quarto do terceiro andar.

"Olhe o que eu arranjei." Junior estava deitada na cama de Heed, abaixo do retrato do homem. Nua, sacudindo um pedaço de papel dobrado. Romen nem olhou para aquilo.

"Onde está Mrs. Cosey? Nunca ouvi falar dela sair deste quarto."

"Está visitando a neta", Junior riu.

"Que neta?"

"Que mora em Harbor, ela disse."

"Sem brincadeira?"

"Venha aqui." Junior levantou as cobertas. "Tire a roupa e entre aqui."

"Ela vai pegar a gente, menina."

"Sem chance. Venha!"

Romen não queria fazer aquilo com aquela cara na parede, então puxou Junior para o banheiro, onde encheram a banheira para ver como era embaixo da água. Limitado, descobriram; não tão legal quanto acharam que ia ser até fingirem que estavam um afogando o outro. Espadanaram água e se chamaram de nomes feios até que, como salmões esgotados, se separaram, respirando fundo em cantos opostos da banheira. Ele encostado à torneira, ela com a cabeça descansando na beirada.

Sentindo-se ao mesmo tempo forte e dissolvido, Romen procurou embaixo da água e levantou o pé deformado de Junior acima da água. Ela se encolheu, tentou tirá-lo da mão dele, mas ele segurou muito firme e olhou de perto os artelhos mutilados. Depois, baixou a cabeça e trouxe-os até a língua. Após um momento, sentiu que ela amoleceu, cedeu, então, quando levantou os olhos, ficou surpreso de ver como estavam mortos os olhos de ficção científica.

Mais tarde, debaixo das cobertas na cama de Heed, ele acordou de um breve cochilo e disse: "Sério. Onde elas estão?".

"No hotel."

"Para quê?"

Junior contou então o que havia acontecido no sótão. Falou como um repórter de televisão, distante, fingindo agitação sobre um incidente sem importância.

"Deixou elas lá?"

"Por que não?" Ela parecia genuinamente surpresa com a pergunta. "Vire. Deixa eu lamber suas costas."

"Detesto esse quadro. É como trepar na frente do pai da gente." A saliva dela era fresca em sua coluna.

"Então apague a luz, gostoso."

9. FANTASMA

Heed não consegue olhar. Christine cobriu com uma colcha seus pés, agora numa quarta posição perfeita, e foi procurar alguma coisa para abrandar a dor. Podia haver todo tipo de coisa seqüestrada por May: bebida na caixa de água da descarga, aspirina numa chaminé. Heed espera que seja o primeiro porque não há água e ela prefere apagar de bebedeira do que de dor. Seus ossos, fragilizados por décadas de estupor, partiram-se como vidro. Os tornozelos não são as únicas juntas que acredita ter quebrado. A pélvis está amortecida e ela não consegue levantar a perna direita. Christine encostou-a na parede, uma vez que não há colchão na cama. Em sua sabedoria, ao fechar o hotel, vendeu tudo que foi possível.

Puxando um fio de respiração, impede qualquer lágrima que possa estar à espreita como lembranças atrás das pálpebras. Mas os bem-me-queres vadiando pelo papel de parede são mais vívidos neste escuro deliberado do que jamais foram à luz do dia, e ela imagina o que a faz querer tanto aquilo. O lar, pensa. *Quando pisei na porta, pensei que estava em casa.*

O passo conhecido de Christine interrompe seu esforço de lembrar mais. Encontrou coisas: entre elas fósforos, uma caixa de velas grossas à prova de vento, uma lata de abacaxi Dole e alguns pacotes de aspirina em pó Stanback. Acende uma vela e a fixa com pingos de sua própria cera. Se conseguir abrir o abacaxi, Heed vai poder engolir o pó. A ausência de palavras continua enquanto Christine usa um martelo de cabeça redonda para enfiar um prego na lata. Quando consegue, abre dois pacotes e verte o pó amargo na boca de Heed, alternando com o suco. Puxa a manta sobre seus ombros, porque Heed está tremendo.

Ambas esperavam uma briga. De quem era a culpa? Quem começou tudo contratando uma ladra e quem fez isso ser necessário consultando um advogado? De quem era a culpa de estarem abandonadas a dez quilômetros da humanidade sem ninguém saber onde estavam ou se importar com isso mesmo que soubesse? Ninguém está rezando por elas e elas nunca rezaram por si mesmas. Mesmo assim, as duas evitam ensaiar acusações, um desperdício de energia agora que uma delas está quebrada em pedaços e a outra suando como uma lavadeira. Aqui, onde a solidão é como o quarto de uma criança morta, o mar não tem cheiro nem rugido. O futuro está se desintegrando junto com o passado. A paisagem além desse quarto não tem cor. Apenas uma erma parede de pedra e ninguém para imaginar diferente, porque é assim que é — como, no fundo, todo mundo sabe. Um mundo não nascido onde o som, qualquer som — o arranhar de uma garra, o bater de um pé espalmado — é uma bênção. Onde uma voz humana é o único milagre e a única necessidade. A linguagem, quando vem finalmente, tem o vigor de um réu perdoado depois de vinte e um anos de detenção. Súbito, cru, só de roupa de baixo.

Você sabe que May não era muito mãe para mim.

Pelo menos ela não vendeu você.

Não, ela me deu de presente.

Maple Valley?

Maple Valley.

Achei que você queria ir.

Nossa, não. Mas e se eu quisesse? Tinha treze anos. Ela era a mama. Ela queria que eu fosse porque ele queria e ela queria tudo o que ele quisesse. Menos você. Ela era a filhinha do papai. Não você.

E eu não sei?

Aposto que ela fez da sua vida um filme de horror.

A dela também. Durante anos acreditei que ela escondia coisas só para me infernizar. Não sabia que era de Huey Newton que tinha medo.

Ela achava que os Panteras Negras estavam atrás dela?

Entre outros. Queria estar pronta. No caso de estarem.

É. Para a revolução de verdade; meninos de vinte anos lutando para ir para a cama com mulheres de sessenta.

Podiam fazer pior.

Fizeram pior.

Você conheceu algum?

Não. Eu já estava fora na época.

Valeu a pena?

Sem dúvida.

Eu achava que você era boba, mas estava com inveja. Da emoção e tudo mais.

Isso tinha.

Você parece triste.

Não. É que. Bom, é como se a gente tivesse começado sendo vendidas, depois se libertado e se vendido pela melhor oferta.

"A gente" quem? Os negros? As mulheres. Ou você quer dizer eu e você?

Não sei o que eu quero dizer. Christine toca o tornozelo de Heed. O que não está inchado.

Ssss.

Desculpe.

Está quebrado, sim, acho.

De manhã eu tiro a gente daqui.

Christine acende outra vela, se põe de pé pesadamente e vai até a penteadeira. Abre uma gaveta atrás da outra. Nas de cima encontra creions, uma pochete de pano; na do meio, cocô de rato e restos de roupas de baixo de criança: meias, combinação, calcinha. Puxa um top amarelo-claro e levanta para Heed ver.

É o seu maiô.

Alguém já foi tão pequena assim?

O meu está aí?

Não estou vendo. Christine enxuga o suor do rosto e do pescoço com o tecido e joga no chão. Volta até Heed e senta-se com dificuldade a seu lado. A luz da vela ilumina suas mãos, mas não os rostos.

Você algum dia foi puta?

Ah, por favor.

As pessoas diziam.

As pessoas mentiam. Nunca vendi. Mas trocava, sim.

Como eu.

Não, você não. Você era menina demais para decidir.

Não menina demais para querer.

Então? Ele era bom para você, Heed? Quer dizer, bom mesmo?

No começo. Durante alguns anos ele foi bom para mim. Imagine, aos onze anos eu achava que uma caixa de pipoca caramelizada era tratar bem. Ele esfregava meu pé até a sola ficar igual manteiga.

Droga.

Então, quando as coisas começaram a ficar ruins usei May e você como explicação. E como isso não funcionou, achei que a culpa era do dinheiro que a gente começou a perder. Nunca coloquei a culpa nele.

Eu sempre.

Você podia. Não tinha o xerife bafejando no seu pescoço.

Eu me lembro dele. Os dois pescavam juntos.

Pescavam. Sei. Ele esqueceu o que qualquer negrinho sabe. Branco não joga moedinha na sua caneca se você não dançar.

Está dizendo que Buddy Silk acabou com ele?

Não ele; o filho dele, Boss. Era amigo, por assim dizer, do pai, mas o filho era outra história. Fez melhor que acabar com ele. Deixou ele se acabar sozinho.

Como assim?

Um empréstimo pequeno aqui, um maior ali. E foi e foi. Ele tinha de pagar, você sabe, para abrir as portas e vender bebida aqui. Era complicado, mas tudo bem. Aí o velho Silk morreu e o novo subiu o preço. Não dava para pagar as bandas, a polícia e o homem da bebida também.

Como é que você conseguiu por tanto tempo?

Sorte. Encontrei umas fotos de pescaria.

Heed dá uma olhada para Christine.

Não.

Ah, sim.

Quem? Onde?

O que interessa quem? E "onde" era na cabine, no convés, na cadeira de piloto, qualquer lugar e qualquer coisa a bordo. Faz a gente pensar duas vezes no que uma vara de pesca é capaz de pegar.

Homens têm memória curta. Sempre querem fotos.

É.

Heed suspirou, visualizando Boss Silk. Ela parada ali, com

medo, oscilando entre o suor frio e tremores. Imaginando se ele queria sexo ou apenas sua humilhação; ou quem sabe o dinheiro que viera buscar, mais umas intimidades rápidas. Sem-vergonhice ele queria, com certeza, mas ela não sabia se isso incluía seus peitos. De qualquer forma, ela havia sido vendida uma vez e bastava. "Aqui está uma coisa que ele queria que ficasse com você." Entregou-lhe um envelope pardo e torceu para ele pensar que fosse dinheiro. Depois virou as costas para deixá-lo abrir em particular e demonstrar sua ignorância sobre assuntos masculinos. Quando ouviu que ele havia removido o conteúdo, disse: "A propósito, tinha um outro envelope que ficava sempre aqui, em algum lugar. Mas estava endereçado para sua mãe aos cuidados do *Harbor Journal*. Se eu encontrar, entrego para ela ou mando para o jornal? Sinhô aceita um chá gelado?".

Heed narra o encontro com o sotaque e os olhos arregalados de uma babá negra. As duas riem.

E tinha mesmo? Um envelope para a velha?

Essa parte eu inventei.

Ei, Celestial.

Ah, menina. Quando a gente começou com isso?

Brincando na praia um dia, quando tinham uns dez anos de idade, ouviram um homem gritar "Ei, Celestial" para uma garota de vestido vermelho decotado nas costas. A voz tinha humor, uma espécie de conhecimento secreto junto com um toque de inveja. A mulher não se voltou para ver quem chamava. Seu perfil estava gravado contra a paisagem marinha, a cabeça era altiva. Ela se voltou foi para olhar para as duas. O rosto tinha um corte da bochecha até a orelha. Uma cicatriz fina como um risco de lápis que uma borracha conseguiria transformar em um rosto sem jaça. Os olhos pousados nos delas eram frios e assustadores, até que ela lhes deu uma piscada, fazendo os dedos dos pés se encolherem, se torcerem de felicidade. Depois, perguntaram a May quem era ela, aquela Celestial. "Fiquem longe dela o mais que puderem", May disse. "Atravessem a rua quando perceberem que ela vem para o seu lado." Perguntaram por quê e May respondeu: "Porque não há nada que uma mulher da zona não faça".

Fascinadas, tentaram imaginar as coisas que ela não hesitava fazer apesar do perigo. Deram o nome dela à casa de brinquedo. Palácio Celestial. E dali em diante, para dizer "amém" ou identificar uma coisa particularmente ousada, esperta, arriscada, arremedavam a voz do homem gritando "Ei, Celestial".

Além das palavras que haviam inventado para segredos em uma língua chamada "dague", "Ei, Celestial" era o código particular delas. Dague era para intimidades, fofocas, para contar piadas sobre adultos. Só uma vez foi usada para tirar sangue amigo.

Cê-vodague é ma-udague crava-esdague! Le-edague proucomdague cê-vodague com-dague um-dague no-adague dedague luguel-adague e uma-dague rra-badague de colate-chodague!

Crava-esdague. Essa doeu, Christine. Me chamar de escrava. Doeu muito.

Era para doer mesmo. Achei que eu ia morrer.

Coitadas de nós.

Que diabo ele tinha na cabeça?

Não sei.

Quando ele morreu, eu disse: Bingo! Aí, na mesma hora me enrolei com alguém exatamente igual a ele. Velho, egoísta, mulherengo.

Podia ter ficado aqui, se era com isso que queria se amarrar. Ele tinha tantas mulheres que eu perdi a conta.

Te incomodava?

Claro.

L sabia o que acontecia no barco dele?

Provavelmente.

Eu queria te perguntar. Como ela morreu?

Como você acha? Cozinhando.

Fritando galinha?

Ahn-hã. Defumando costeletas de porco.

Onde?

No Maceo's. Caiu morta no fogão.

Ela nunca voltou depois do enterro?

Não. Achei que você ia voltar para o enterro dela. May não escreveu contando?

Escreveu, mas eu estava em um apartamento elegante batendo a cabeça por causa de um rato.

O doutor?

Kenny Rio.

À base de troca?

Comprada. Como uma garrafa de uísque. Bom, e você sabe que em algum momento precisa comprar mais. Eu durei três anos. Ms. Cutty Sark.

Você não é bebida de ninguém.

Nem você.

O que então?

Uma menininha. Tentando encontrar um lugar quando a rua não chegava lá.

L dizia isso.

Meu Deus, sinto falta dela.

Eu também. Sempre senti.

A gente podia ter vivido a vida de mãos dadas em vez de ficar procurando o Paizão em toda parte.

Ele *estava* em toda parte. E em nenhuma parte.

Nós que inventamos ele?

Ele mesmo se inventou.

A gente deve ter ajudado.

Ahn-hã. Só um diabo era capaz de inventar alguém assim.

Um inventou.

Ei, Celestial.

Mesmo em dague elas nunca conseguiram confessar uma certa vergonha gêmea. Cada uma pensava que a sujeira era só sua. Agora, sentadas no chão, enfrentando a traição do corpo, com tudo e nada a perder, deixaram que a expressão as levasse de volta mais uma vez para um tempo em que a inocência não existia porque ninguém havia sonhado com o inferno.

É 1940 e estão indo sozinhas brincar na praia. L preparou um almoço de piquenique para elas e, como sempre, vão comer na sombra e na privacidade do Palácio Celestial: uma canoa a remo emborcada, havia muito abandonada na relva da areia. Elas a limparam, mobiliaram e deram nome. Contém um lençol, uma mesa de madeira trazida pelo mar, dois pires quebrados e comida de emergência: pêssegos enlatados, sardinhas, um vidro de geléia de maçã, manteiga de amendoim, bolachas água e sal. Estão de maiô. Heed está usando um de Christine, azul com debruns brancos. Christine está com um duas-peças amarelo; umbigo de fora, chamavam. Os cabelos foram repartidos em quatro tranças, de forma que estão com penteados idênticos. As tranças de Christine são escorregadias; as de Heed não. Estão atravessando o gramado do hotel quando uma delas se lembra de que esqueceu as pedrinhas de jogar. Heed se oferece para ir buscar enquanto Christine espera no gazebo e cuida da comida.

Heed entra correndo pela entrada de serviço e sobe a escada dos fundos, excitada com o piquenique à espera e o sabor de seu chiclete. Há música vindo do bar do hotel — alguma coisa tão doce e urgente que Heed rebola o quadril ao ritmo enquanto segue pelo corredor. Dá de encontro com o avô de sua amiga. Ele olha para ela. Envergonhada — será que ele a viu rebolando? — e assombrada. Ele é um belo gigante, dono do hotel e que ninguém enfrenta. Heed pára, incapaz de se mexer ou dizer "Com licença. Desculpe".

Ele fala. "Onde é o incêndio?"

Ela não responde. Está tentando acomodar o chiclete com a língua.

Ele fala de novo: "É você a menina dos Johnson?".

A referência a seu pai ajuda e a língua se solta. "Sim, senhor."

Ele balança a cabeça. "Como é seu nome?"

"Heed, sim, senhor." E em seguida: "Heed the Night".

Ele sorri. "Eu devia. Devia mesmo."

"Desculpe?"

"Nada. Não tem importância."

Ele toca o queixo dela e depois — casualmente, ainda sorrindo — o mamilo, ou melhor, o lugar debaixo do maiô onde haverá um mamilo se a mancha redonda em seu peito um dia mudar. Heed fica ali parada pelo que parece uma hora, mas é menos que o tempo que leva para soprar uma bola perfeita. Ele observa a bolha cor-de-rosa em sua boca, depois segue, ainda sorrindo. Heed dispara escada abaixo. A mancha no peito que nem sabia que tinha está queimando, formigando. Quando chega à porta, está ofegante como se tivesse corrido a extensão inteira da praia em vez de um lance de escada. May a agarra por trás e ralha com ela por correr pelo hotel. Manda Heed ajudar a carregar os sacos de roupa de cama usada para a lavanderia. Leva só um ou dois minutos, mas May Cosey tem coisas a lhe dizer sobre comportamento em público. Quando ela termina de dizer para Heed como todos estão contentes de ela e Christine serem amigas e tudo o que aquela amizade pode lhe ensinar, Heed volta para contar a Christine o que aconteceu, o que o avô dela fez. Mas Christine não está no gazebo. Heed a encontra atrás do hotel, no barril de chuva. Christine derrubou no maiô algo que parece vômito. Seu rosto está duro, seco. Parece doente, enjoada e não olha Heed nos olhos. Heed não pode falar, não pode contar para a amiga o que aconteceu. Sabe que estragou tudo. Em silêncio, continuam o piquenique. E embora retomem a rotina — usando nomes inventados, arranjando a comida —, não podem jogar pedrinhas porque Heed não as trouxe. Ela diz a Christine que não conseguiu encontrá-las. Essa primeira mentira, de muitas que se seguiriam, nasceu porque Heed acha que Christine sabe o que aconteceu e isso a fez vomitar. Então há algo de errado com Heed. O velho viu isso de imediato, de forma que tudo que teve de fazer foi tocá-la e a coisa se moveu, porque ele já sabia que se moveria, porque o erro já estava lá, esperando um dedo para trazê-lo à vida. E ela havia começado aquilo — não ele. O rebolado veio antes — ele, depois. Agora, Christine também sabe que aquilo está ali e não pode olhar para ela porque a coisa errada aparece.

Ela não sabe que Christine saiu do gazebo para encontrar sua amiga na entrada de serviço. Não há ninguém lá. Christine olha para cima, para a janela de seu próprio quarto, onde Heed estaria procurando as pedrinhas. A janela está aberta; cortinas claras voando para fora. Ela abre a boca para chamar: "Heed! Venha!". Mas não chama, porque seu avô está ali parado, à janela de seu quarto, a braguilha da calça aberta, o punho se movendo com a mesma velocidade com que L bate as claras de neve até virarem um creme incrível. Ele não vê Christine porque está de olhos fechados. Christine cobre o riso com a mão, mas retira a mão quando o café-da-manhã escorre para sua palma. Corre ao barril de chuva para lavar o vômito do top amarelo, das mãos, dos pés descalços.

Quando Heed a encontra, Christine não explica o maiô, porque está esfregando com água ou porque não consegue olhar para Heed. Está com vergonha de seu avô e de si mesma. Quando foi para a cama aquela noite, a sombra dele havia ocupado seu quarto. Não precisava olhar para a janela, nem ver as cortinas voarem na brisa para saber que ali pairava o prazer solitário de um velho. Como um hóspede com uma reserva de longa data que chega a seu quarto afinal, um hóspede que você sabe que vai ficar.

Não eram as excitações, não inteiramente desagradáveis, que as meninas não conseguiam mencionar. Era a outra coisa. A coisa que fez cada uma das duas acreditar, sem saber por quê, que aquela vergonha particular era diferente e não tolerava o discurso — nem mesmo na língua que haviam inventado para os segredos.

A sujeira interna vazaria?

Agora, exaustas, deslizando para um sono talvez permanente, elas não falam do nascimento do pecado. Dague não pode ajudar nesse caso.

Heed precisa de mais Stanback e tosse quando engole o pó. Uma tosse raspada, que leva um longo tempo para se acalmar.

Onde é que dói?

Dói tudo.

Vai clarear logo.

E daí?

Eu carrego você.

É, claro.

Ei! Olhe o que eu achei.

Christine levanta uma bolsa e esvazia no chão, derrubando cinco pedrinhas e uma bola de borracha. Pega as cinco e as espalha. Muito poucas para um jogo. Tira dos dedos anéis suficientes para completar o conjunto. Estrelas misturadas com brilhos de jóias cintilam na fresca luz da vela. Heed não consegue jogar a bola, mas seus dedos são perfeitos para catar as pedras.

A única coisa de que minha mãe gostava em mim era o ódio que eu tinha de você.

Ouvi dizer que foi duzentos dólares que ele deu para meu pai e uma carteira para mama.

Mas você queria, não queria? Você não queria?

Rapidamente, Christine pega quatro, e geme. O espinho do ombro está descendo para o braço.

Eu queria ficar com você. Casando com ele, achei que ia ficar.

Eu queria ir junto na sua lua-de-mel.

Bem que eu gostaria.

Como era o sexo?

Pareceu divertido na época. Eu não saberia dizer. Nada com que comparar.

Nunca?

Uma vez.

Ei, Celestial.

Eu preferia os nossos piqueniques. Lembra?

Claro. A gente levava barra de chocolate Baby Ruth na cesta.

E limonada.

Sem sementes. L tirava as sementes com colher.

Aquilo era salsichão misto ou presunto?

Presunto, menina. L não chegava nem perto de salsichão misto.

Chovia? Parece que me lembro de chuva.

Vagalumes. Disso é que eu lembro.

Você queria prender os bichinhos na garrafa.

Você não deixava.

As tartarugas davam medo na gente.

Você está chorando.

Você também.

Estou?

Ahn-hã.
Quase não escuto você.
Segure a minha... minha mão.
Ele me tirou toda a minha infância, menina.
Ele me tirou você inteira.
O céu, lembra? Quando o sol se punha?
Areia. Ficava azul-clarinho.
E as estrelas. Primeiro, só algumas.
Depois tantas, que iluminavam a porra do mundo inteiro.
Lindo. Tão tão lindo.
Shh-dague. Shh-dague.

Em lugares não iluminados, sem postes de luz nem néons uivantes, a noite é profunda e muitas vezes vem como calma. Alívio de procurar alguma coisa e procurar evitar alguma coisa. Ladrões precisam da noite para ser furtivos, mas não podem aproveitá-la. Mães esperam por ela, mas ficam alertas durante todo seu sono. O ingrediente principal oferecido pela noite é escapar da vigília e dos vigilantes. Como estrelas livres para fazer sua própria história e não se preocupar umas com as outras; ou como diamantes que se soltam e afloram em linda pedra.

Ninguém responde quando ele grita: "Alguém aí?". Guiando-se pelo facho fraco de uma lanterna, Romen atravessa o saguão e sobe a escada. Logo será dia, mas agora está tudo escondido. Ele ouve um ressonar leve à sua esquerda através de uma porta semicerrada. Empurra-a e lança o facho sobre as duas mulheres. Aproxima-se. Ambas estão dormindo, mas só uma está respirando. Uma está deitada de costas, o braço esquerdo dobrado; a outra enrolou o braço da morta em torno do próprio pescoço e está roncando no ombro da outra. Quando ele coloca a luz em seu rosto, ela se mexe, focaliza os olhos e diz: "Você chegou tarde demais", como se tivessem um encontro. Como se roubar o carro não fosse um impulso, mas uma tarefa que ela lhe dera. Como se o que Junior lhe contou não importasse.

Ele estava dormindo e acordou pensando em comer alguma coisa quando ela lhe contou.

"Deixou as duas lá?"

"Por que não?... Apague a luz, gostoso."

Romen estava estendendo a mão para apagar o abajur, mas se viu pegando as chaves do carro em vez disso. Levantou-se então e se vestiu. Fosse o que fosse que Junior estava dizendo, gritando, ele não conseguiu decifrar. Correu — depressa, escada abaixo, saiu pela porta, perseguido pelo sussurro de um velho. "Você não é desamparado, Romen. Nunca pense isso." Idiota! Palhaço! Estava tentando alertá-lo, fazê-lo escutar, dizer-lhe que o velho Romen, o chorão que não conseguia evitar de desamarrar cordões de sapato dos punhos de uma garota coagida, era mais moderno que aquele que não conseguiu evitar de empurrar uma garota que queria em um sótão. Saiu de ré pela entrada e acelerou pela rua. Havia valetas de ambos os lados. Um farol piscou e apagou.

Junior dobrou-se em torno dos joelhos apertando os dois com os braços. Balançando para a frente e para trás, estava se lembrando de que Romen levantara seu pé da água do banho e o lambera como se fosse um pirulito. Foi quando saíram da banheira, os dois molhados e limpos, que o escorregadio começara. Uma espécie de deslizamento interior, que a deixava tonta e se sentindo bonita ao mesmo tempo. A sólida proteção que sentira na casa deu lugar a uma claridade trêmula que a agradava e assustava. Deitada de costas, fechara os olhos para estudar aquilo. Por fim, virou-se para olhar o rosto de Romen. Mergulhado no profundo sono pós-coito, lábios separados, a respiração leve, ele não se mexia. Esse lindo menino com quem tinha se banqueteado como se ele fosse todas as festas de aniversário que nunca teve. O tremular se intensificou e de repente ela sabia como se chamava. Novinho, completamente estranho, aquilo a invadiu, fazendo-a se sentir toda aberta e inteira, já aprovada e confirmada pela lambida de pirulito. Foi por isso que, depois, quando ele perguntou uma segunda vez, ela contou a verdade. Com clareza, só os fatos. A reação dele — "Deixou as duas lá?" — a surpreendeu, assim como sua súbita pressa para sair. Estendendo a mão para apagar a luz, ele em vez disso pegara as chaves do carro e se vestira mais depressa que um bombeiro. Ela chamou seu nome, depois gritou: "O que foi? O que foi?". Ele não respondeu. Ele correu.

Junior saiu da cama de Heed e vagou pela casa. Não queria ver o Bom Homem nem sentir o cheiro de sua loção pós-barba. Ele havia sumido fazia dias já e não aparecera no sótão do hotel, nem voltara para a sala dele. Confrontando o retrato, louca para contar a sua esperteza no hotel, ela havia suprimido a suspeita de que ele a traíra e, quando Romen chegou, se esqueceu dele. Depois o pirulito foi lambido, o que a deixou tonta e sozinha com Romen. Que correu. Para longe dela. O mais depressa que pôde.

Confusa, andou pelos quartos um pouco, terminou na cozinha. Lá, abriu o forno e, agachada, quebrou pedaços da crosta do pernil de carneiro enegrecido. Voraz, enfiou os pedaços na boca. Mas a trêmula claridade, com menos de uma hora de existência, não se apagou. Não naquela hora.

Romen tem de carregar as duas. Uma de cada vez, uma de cada vez escada abaixo. Acomodando a morta no vasto banco de trás; ajudando a outra a entrar na frente.

"Ela foi embora?"

"Não, senhora. Está na casa."

Ela não deixa que ele vá para o hospital, insiste em ir para a rua Monarch. Quando chegam, o dia finalmente está rompendo. As janelas estão vidradas de cor de pêssego; a casa inala o ar úmido, as paredes laterais suculentas de umidade. Romen a carrega escada abaixo até a cozinha. Antes que possa colocá-la sentada, Junior aparece correndo — de olhos arregalados, apreensiva.

"Aaaah, estou tão contente. Tentei achar ajuda, mas não encontrei ninguém, aí o Romen veio e fiz ele ir para lá na mesma hora. Você está bem?"

"Viva."

"Acho que vou fazer café, quer? Onde está..."

"Entre ali e feche a porta." Apoiando-se pesadamente, o braço dobrado no braço de Romen, uma mão agarrada ao encosto de uma cadeira, ela acena para os velhos aposentos de L.

Junior olha para Romen. Ele olha de volta, esperando ver um apelo. Mas não há nenhum, só perplexidade nos olhos dela, nenhum medo, nem questionamento. Romen sustenta seu olhar sem piscar e vê a surpresa se transformar em calculismo, se transformar numa contração voltada para o chão. Alguma coisa estava vazando dela.

"Vá!"

Sem levantar os olhos, Junior se vira, entra no quarto e fecha a porta.

"Tranque", ela diz para Romen. "A chave está na caixa de pão."

Ele a ajuda a sentar-se, tranca a porta, entrega-lhe a chave.

"Ela tem de ser levada para o necrotério. Encontre um telefone e peça uma ambulância para cá. Vá depressa."

Romen se vira para sair.

"Espere", diz ela. "Obrigada, Romen. Tudo o que resta dentro de mim diz obrigada a você."

"Tudo bem, dona", diz ele, e vai para a porta.

"Espere", ela diz de novo. "Leve um cobertor. Ela pode sentir frio."

Sozinha, sentada à mesa, ela conversa com a amiga de toda a vida esperando para ser levada para a morgue.

O que nós fazemos com ela?

Uma bala parece certo.

Você está bem?

Média. E você?

Enevoada.

Vai passar.

Aposto que ela está inventando um jeito de sair antes da ambulância chegar.

Não está não. Pode crer.

Bom, ela vai começar a gritar daqui a um minuto. Acha que está com vergonha?

Devia.

Romen volta com um cobertor. "Eu já volto", diz ele. "Não se preocupe," diz, e abre a porta.

"Pise fundo", diz ela, esfregando a chave com o polegar.

Será que a gente devia deixar ela ir embora, essa coisinha desorientada, desamparada?

Podíamos deixar ela ficar, sob certas condições.

Que diferença faria?

Para mim? Nenhuma. *Você* quer ela aqui?

Para quê? Tenho você.

Ela sabe armar uma confusão.

Nós também.

Ei, Celestial.

Romen está correndo pela rua Monarch, tentando o mais que pode não incomodar a passageira. Está sereno, no controle agora, embora quando estava chegando no carro, ao olhar para a casa, nuvens pouco amigáveis estivessem passando por cima do telhado da rua Monarch, número 1, os grandes perfis escurecendo todas as janelas, menos uma que, como o olho de um namorador decidido, mantém seu brilho cor de pêssego.

Estou vendo você. Você e sua amiga invisível, inseparáveis na praia. As duas estão sentadas em uma coberta vermelha, tomando sorvete, olhe, com uma colher de café de prata, olhe, quando uma menina de verdade aparece chapinhando nas ondinhas. Estou vendo você também, andando pela praia com uma camiseta de homem em vez de vestido, ouvindo a amiga que ninguém vê, só você. Atenta a palavras que só você consegue ouvir quando uma voz de verdade diz: Oi, quer um pouco? Desnecessárias agora, as amigas invisíveis desaparecem em favor de carne e osso.

É assim quando as crianças ficam caídas uma pela outra. Na hora, sem apresentação. Gente grande não presta muita atenção porque não imagina que nada seja mais majestoso para uma criança que seus próprios eus e assim confunde dependência com reverência. Pais podem ser soltos ou rígidos, tímidos ou seguros, não importa. Seja distribuindo gostosuras e, temendo as lágrimas, dizendo sim para qualquer capricho, seja passando os dias em cima da criança para cuidar que seja correta e corrigida — sejam do tipo que forem, o lugar dos pais é secundário diante do primeiro amor escolhido da criança. Se essas crianças se encontram antes de conhecerem o próprio sexo, ou qual das duas está com fome, qual está bem alimentada; antes de distinguirem cor de não-cor, parente de estranho, elas encontram uma mistura de rendição e rebelião sem a qual não podem viver. Heed e Christine encontraram uma coisa assim.

A maioria das pessoas nunca sentiu uma paixão assim tão forte, tão cedo. Se sentiram, lembram dela com um sorriso, descartam como um capricho passageiro, que secou a tempo e com o tempo. É difícil pensar de qualquer outro jeito quando a vida real aparece com sua lista de outras pessoas, seu enxame de outros pensamentos. Se o seu nome é o assunto de I Coríntios, capítulo 13, é natural que cuide disso. Nunca se sabe quem ou o que vai atacar ou se pode agüentar a estrada. Uma coisa é verdade — pede vigilância, se você é capaz de parar e olhar para isso. Heed e Christine eram o tipo de criança que não consegue aceitar amor devolvido, ou estagnar o amor. Quando é assim, a separação fere fundo. E se o rompimento é espoliado também, espremido por uma gota de sangue, derramado pelo próprio bem da criança, isso então pode arruinar uma pessoa. E se, além disso, elas são levadas a se odiarem, isso pode matar uma vida muito antes de ela tentar viver. Eu culpo May pelo ódio que colocou nelas, mas tenho de culpar Mr. Cosey pelo roubo.

Imagino o que ele acharia de Junior. Ele era chegado, você sabe, em encontrar mulheres fortes e necessitadas. Mas isto é agora — não naquela época. Não dá para dizer o que essa raça moderna de mulher júnior é capaz de fazer. É uma desgraça. Quem sabe uma mão atenciosa, um olho constante bastem, a menos que seja tarde demais e o sono delas seja só uma espera, um fogo sem chama, como uma brasa num colchão. Uma brasa que nenhum açúcar do mundo consegue apagar. Mr. Cosey saberia. Pode-se dizer que era um bom homem mau ou um mau homem bom. Depende do que você valoriza — o quê ou o porquê. Minha tendência é misturar os dois. Sempre que vejo a cara honrada dele corrigindo Heed, seus olhos extintos observando Christine, penso que foi Dark que saiu vencedor. Então ouço a risada, lembro da ternura dele embalando Julia no mar; a carteira aberta, a mão despenteando o filho... não me importa o que você acha. Ele não tinha um S pregado na camisa e não usava forcado. Era um homem comum atormentado, como todos nós, por amor e ódio.

Eu tinha de deter esse homem. Tinha de deter.

Mesmo assim, elas brigaram por causa do meu menu, procurando nele um sinal de preferência ou lendo errado quando encontraram. Heed era limitada para entender escrita feita à mão, mas teve de pensar, em 1971, se a "doce menina Cosey" para quem o marido estava deixando propriedade em 1958 não era nem ela, nem Christine, mas algum bebê a caminho. Elas nunca viram o verdadeiro — a testemunha era eu, quem autenticou foi a mulher de Buddy Silk — deixando tudo para Celestial. Não estava certo. Se tivessem me deixado ler o que eu assinei em 1964, quando o xerife ameaçou fechar o negócio dele, quando criancinhas diziam nomes feios para ele e ruas inteiras estavam em chamas, eu poderia ter detido o homem na hora — de um jeito tranqüilo —, impedir que deixasse todo o fruto do nosso trabalho para uma pessoa que teria passado tudo adiante em vez de morar ali ou perto dali; teria explodido tudo em vez de deixar ficar de pé como lembrete de por que ela não tinha permissão para subir a escada, mas era o esporte verdadeiro de um barco de pesca. Independentemente do que dizia o coração dele, não era certo. Se eu tivesse lido aquilo em 1964, e não em 1971, teria entendido que o que pareceu sete anos de pena de si mesmo e remorso eram na verdade vingança e que o ódio dele pelas mulheres desta casa não tinha limite. Primeiro, elas o decepcionaram, depois desafiaram, depois transformaram o lar dele em um barril de fêmeas de caranguejo brigando e a obra da vida dele numa lição de alerta de história negra. Ele não entendia: um sonho é só um pesadelo de batom. Fosse ou não verdade o que ele acreditava, eu não ia deixá-lo pôr a família dele na rua. May tinha sessenta e um anos; o que ela tinha de fazer? Passar a velhice em uma camisa-de-força? E Heed tinha quase quarenta e um. Devia voltar para uma família que não falava com ela desde Truman? E Christine — qualquer coisa que estivesse fazendo não ia durar. Só havia uma solução. A dedaleira pode ser rápida, se você sabe o que está fazendo, e não faz sofrer muito tempo. Ele não estava mais pensando direito e aos oitenta e um não ia melhorar. Precisou coragem, e muito antes de o agente funerário bater na porta, rasguei aquela coisa pérfida. Meu menu funcionou muito bem. Deu razão para elas continuarem ligadas e talvez entenderem como a língua pode ser preciosa. Se usada devidamente, pode salvar você das garras dos Cabeças-de-polícia caçando mulheres desesperadas e crianças malcriadas, de cabeça dura. É difícil de fazer, mas conheço pelo menos uma mulher que fez. Que ficou bem debaixo do chapelão deles, das barbas gotejantes e os assustou a todos com uma palavra — ou era uma nota?

A cicatriz dela desapareceu. Sento do lado dela de vez em quando no cemitério. Somos as únicas que o visitamos. Ela está ofendida com as palavras na lápide e, de pernas cruzadas, se empoleira na pedra de forma que as dobras do vestido vermelho escondem o insulto: "Marido Ideal. Pai Perfeito". Fora isso, parece satisfeita. Gosto quando ela canta para ele. Uma daquelas músicas rancheiras, de dentro de casa, que sempre corrompiam todo mundo na pista de dança. "Volte, baby, agora eu entendo. Volte, baby. Pegue minha mão." Ou ela não sabe de mim ou me perdoou a minha solução, porque não se importa de eu sentar um pouco adiante e ficar ouvindo. Mas de vez em quando dá para ver na voz dela que sente tanta falta dele, que não consigo me controlar. Também quero alguma coisa de volta. Alguma coisa só para mim. Então eu me junto a ela. E cantarolo.

ESTA OBRA FOI COMPOSTA EM ELECTRA PELO ESTÚDIO O.L.M.
E IMPRESSA PELA GEOGRÁFICA EM OFSETE SOBRE PAPEL PÓLEN SOFT
DA SUZANO BAHIA SUL PARA A EDITORA SCHWARCZ EM JUNHO DE 2005